Roman 41

roman

Catalogage avant publication de BAnQ et Bibliothèque et Archives Canada

LeManer, Monique
Roman 41
ISBN 978-2-89031-648-5
I. Titre. II. Titre: Roman quarante et un.

PS8573.E531R65 2009 C843'.6 C2008-942477-8
PS9573.E531R65 2009

Nous remercions le Conseil des Arts du Canada ainsi que la Société de développement des entreprises culturelles du Québec de l'aide apportée à notre programme de publication. Nous reconnaissons également l'aide financière du gouvernement du Canada par l'entremise du Programme d'aide au développement de l'industrie de l'édition (PADIÉ) pour nos activités d'édition.
Gouvernement du Québec – Programme de crédit d'impôt pour l'édition de livres – Gestion SODEC.

Mise en pages : Eva Lavergne
Maquette de la couverture : Raymond Martin

Distribution :
Canada
Dimedia
539, boul. Lebeau
Saint-Laurent (Québec)
H4N 1S2
Tél. : (514) 336-3941
Téléc. : (514) 331-3916
general@dimedia.qc.ca

Europe francophone
D.N.M. (Distribution du Nouveau Monde)
30, rue Gay Lussac
F-75005 Paris
France
Tél. : (01) 43 54 50 24
Téléc. : (01) 43 54 39 15
www.librairieduquebec.fr

Dépôt légal : BAnQ et B.N.C., 1er trimestre 2009
Imprimé au Canada

Les Éditions Triptyque
2200, rue Marie-Anne Est
Montréal (Québec) H2H 1N1
Téléphone : 514-597-1666
Courriel : triptyque@editiontriptyque.com
Site Internet : www.triptyque.qc.ca

Monique Le Maner

Roman 41

roman

Triptyque

BIBLIOTHÈQUE
MARIE-ANTOINETTE-FOUCHER

De la même auteure, aux Éditions Triptyque :

Ma chère Margot, (roman), 2001, 192 p.
La dérive de l'Éponge (roman), 2004, 155 p.
Maman goélande (roman), 2006, 156 p.
La dernière enquête (polar), 2008, 188 p.

Du fond de son arrière-boutique, la marchande entendit un grand cri ; elle accourut et recula de peur en voyant un homme debout, qui s'accotait au comptoir et la regardait douloureusement, d'un air hébété. Il tenait d'une main les bottines bleues à bordure de cygne, et présentait l'autre main toute sanglante, avec des raclures d'or au bout des ongles.

Alphonse Daudet, *Lettres de mon moulin*,
«L'homme à la cervelle d'or»

La reine sanglote encore plus fort et le petit Dauphin commence à s'effrayer.

— Holà, dit-il, je ne veux pas que la mort vienne me prendre, et je saurai bien l'empêcher de venir jusqu'ici... Qu'on fasse venir sur l'heure quarante lansquenets très forts pour monter la garde autour de notre lit !... Que cent gros canons veillent nuit et jour, mèche allumée, sous nos fenêtres ! Et malheur à la mort, si elle ose s'approcher de nous !...

Alphonse Daudet, *Lettres de mon moulin*,
«La mort du Dauphin»

Pierre dans la tempête

C'était le début d'un long week-end, le genre de week-end où l'on quitte la ville pour aller à son chalet. Pierre avait quitté la ville, mais il n'avait pas de chalet. Il était parti de son petit appartement de la rue de l'Église sans but précis, en sifflotant comme d'habitude. Il s'était dit : « Je vais faire un petit tour », comme chaque fois qu'il sortait de chez lui pour une autre fin que le travail. Et encore, même quand il allait travailler, c'était comme s'il allait faire un petit tour. Non, pas pour rentrer chez lui au plus vite. Un petit tour, ça voulait dire humer alentour, rire et jouir des découvertes qu'il ne manquerait pas de faire. Car tout, pour lui, était émerveillement et prétexte à s'amuser.

Au travail, on lui disait et redisait : « Monsieur Pierre, comment faites-vous pour avoir l'air aussi heureux dans l'existence ? Vous n'avez pourtant rien pour vous réjouir, ni femme ni enfant ni chat ni chien ni oiseau ni poisson. Votre vie est d'une totale platitude. » Alors, il haussait ses larges épaules, car il était non pas grand mais gras. Et il tournait prestissimo le dos, les mains dans les poches de l'unique veste de laine qu'il ait jamais portée, les yeux humides derrière ses verres de myope, un air sur ses lèvres épaisses, toujours frémissantes parce que toujours prêtes à s'arrondir, à se trouer en un sifflement somme toute passablement idiot.

Pierre, on l'aura deviné, était un optimiste farouche. On aurait pu penser qu'il était né pour ça, pour s'obstiner à croire que tout irait sinon de mieux en mieux, du moins pas trop mal. Il avait traversé la vie comme un végétal entêté, les années avaient coulé sur son dos qu'on aurait dit strié, dès la naissance, de couloirs minuscules creusés pour que le temps et toute la cochonnerie qui ne manquerait pas de venir avec, s'écoule sans rien éroder de la matière d'origine. «Je ne sais pas qui m'a fait ainsi, je n'ai jamais connu ma mère ni mon père, je ne me souviens de rien, ni de mon enfance ni de ma jeunesse, à peine quelques bribes d'hier.» C'est du moins ce qu'il aimait dire. On le croyait à peine, bien sûr. Il voulait se donner un genre, lui qui n'en avait pas, voilà tout.

Un seul de ses collègues était un jour allé dans son appartement de la rue de l'Église. Pas grand-chose à en dire. Même rien du tout. Deux pièces banales, plutôt tristes. Pierre avait cependant expliqué longuement au collègue qui ne demandait qu'à partir au plus vite, combien il aimait son logement, si gai avec son unique fenêtre opaque de graisse, les murs si doux avec leur peinture vert épinard où rigolaient des coulisses d'humidité et surtout le plancher si léger, sans presque aucun meuble pour venir gâcher son bois crasseux. Et le petit lit de fer où il dormait d'un sommeil de bébé, et le petit frigo et le petit réchaud. Tout cela respirait la joie de vivre, n'est-ce pas, et c'était tant mieux qu'il ait ce chez-soi si joyeux lorsqu'il revenait le soir après le travail, parce qu'il fallait bien l'admettre, ce qu'il faisait pendant la journée n'était guère amusant.

Le collègue en avait convenu avant de se sauver à toute vitesse. C'était la seule visite que Pierre avait reçue depuis bien des années. Peut-être y en avait-il eu d'autres mais, comme pour le reste, il ne s'en souvenait plus.

Le temps avait dû passer quand même, vu qu'il n'était plus de la première jeunesse. Des femmes l'avaient sans doute ému durant son adolescence, puis rien, et il ne s'était plus beaucoup excité sur la question. Des chagrins, il avait pourtant dû en avoir. Parfois, il s'asseyait sur une chaise dans une de ses deux pièces et se forçait à penser à quelque chose de triste qu'il avait vécu parce que ce n'était pas possible autrement. Une mort, un départ, une humiliation. Mais il avait beau se creuser les méninges plusieurs minutes en fermant les yeux très fort, rien ne venait. Et, à la fin, il en rigolait tout seul. Qu'est-ce qu'il allait chercher là ? La mort, il la voyait assez tous les jours.

Et donc, à part ces quelques crises d'égarement, il s'en tenait à ce qu'il faisait le mieux dans la vie, vivre jour après jour. Sauter d'un morceau de temps à l'autre avec une légèreté étourdissante. Et quand arrivait un moment à vivre particulièrement gras et juteux, qui allait durer quand même assez longtemps pour qu'on s'en occupe à fond, il s'y pelotonnait, s'y berçait, ronronnait tout doucement, sans peur qu'il s'arrête puisqu'un autre moment viendrait avec sa blancheur ouatée le porter tôt ou tard un peu plus loin, et ainsi jusqu'à la fin des temps.

« Je ne sais pas pourquoi je pars aujourd'hui comme pour aller dans un chalet, étant donné que tout le monde sait que je n'ai pas de chalet. »

Ce n'était pas grave, c'était si peu grave que Pierre était parti avec aucun bagage en ce début de long week-end, sans même un sac où il aurait pu mettre un pyjama, une brosse à dents. Il avait fermé la porte du deux pièces avec sa clé et mis la clé dans la poche de sa veste grise. La vieille voiture était là, bien sûr, à la porte de l'immeuble de briques rouges et tristes. Où voulez-vous qu'elle soit ? L'auto de Pierre peinturée bleu ciel écaillé ne sert presque jamais, seulement les longs week-ends. Pour lui permettre de faire un petit tour. Et le faire revenir sans plus de souvenirs, la tête pleine d'air.

La ville avait paru puis disparu derrière, boule de lumière enroulée sur elle-même. Devant, la route de campagne s'ouvrait sous la lumière des phares, toute droite avec les masses de plus en plus bruissantes des arbres de chaque côté, et le noir arrivé trop d'un coup. « Le vent se lève, se dit Pierre, je devrais peut-être revenir tout de suite, maintenant que je l'ai fait, mon petit tour. » Mais voilà qu'avec le vent, la neige arrivait, s'arrangeait pour tomber, incroyablement raide. « Un vrai rideau, on n'y voit quasiment plus rien », se dit Pierre, et il avait quand même assez de sens commun pour juger qu'elle était précoce, cette neige, étant donné que nous n'étions qu'au début d'octobre.

Pierre fronça les sourcils, ce qui ne lui arrivait presque jamais. Bref, il vivait une contrariété. Le temps ne s'arrangeait pas, on ne distinguait plus les arbres, de chaque côté, un ciel de glace laiteuse s'était comme couché de tout son long sur la route. Et à la verticale, le tableau n'était pas plus encourageant avec l'espèce de tenture de neige à présent totalement opaque qui en remettait, dansait, se pavanait carrément, comme si elle trouvait ça drôle.

Pierre n'aimait pas cette peur acide qui lui grattait la gorge. La voiture n'avançait presque plus, on aurait dit qu'elle était toute seule à hoqueter sur la route, sans croiser d'autres lumières en sens inverse. Pierre s'obstinait, le front collé sur le pare-bise, les doigts à la retourne sur le volant, les bras en éventail. Le vent poussait des râlements d'asthmatique.

Comme il ne se souvenait jamais de rien, ou de pas grand-chose, Pierre ne pouvait pas vraiment comparer. Par exemple, aux autres hivers, à un autre petit tour déjà fait, comme ça, en douce dans la tempête. Il restait que ce moment n'avait rien pour s'en émerveiller. Et puis Pierre avait chaud comme il n'avait jamais eu chaud dans sa vie.

Alors, d'un coup, s'éleva un mur, un vrai. Car la tenture s'était faite dure, suprêmement immobile. Et tellement blanche qu'elle faisait mal aux yeux. La neige s'était accumulée sur le sol à une vitesse inouïe. La voiture n'avançait plus du tout. Emberlificoté dans le rideau, le nez pris dans ses nœuds, le vieux tacot se mettait à trémousser du derrière, comme désespéré de se sortir de là un jour et toutes ces ruades imbéciles ne faisaient que l'enfoncer encore plus dans les énormes crevasses de la route.

Pierre se dit qu'il était temps d'essayer de sortir. Il n'eut pas besoin d'arrêter le moteur. Il s'était étouffé tout seul, le moteur, et les roues ayant renoncé à fouiller le coton glacé, s'abandonnaient, sur le bas-côté de la route comme dans les plis de lourds draps blancs. « Des draps, pensa Pierre, c'est vrai qu'on dirait vraiment des draps dans un grand grand lit. » Il avait réussi à sortir de la machine et enfonçait dans la neige jusqu'aux mollets.

Le vent, lui, en remettait, soufflait tous les effets sonores du répertoire.

Pierre avait envie de crier au vent : « Arrête de souffler tes grosses bourrasques ! Tu me ferais tomber si je n'étais pas pris dans cette mer de glace jusqu'aux genoux ! Et puis il faut que j'avance, moi, alors calme-toi un peu ! »

Le vent ne se calmait pas, ni la neige ni le mur tenture. Impossible, maintenant, de faire un pas, de remuer d'un millimètre les deux jambes fichées dans le plomb. La nuit était tombée trop vite, se dit encore Pierre, et il faudrait, pour compenser, que la lune se lève illico presto. Et la lune se lève, sifflote Pierre. Ou si elle n'est pas levée encore, ça ne va pas tarder.

Pierre regarde la lune qui chipote un peu, se fait languir dans un coin de noir, et puis il y a le premier, non pas scintillement mais éclat plat, quasi terne. « Allez, la lune, encore de la coquetterie, on se fait attendre, on cache encore le premier bruissement de paillettes, mais plus pour longtemps », siffle encore doucement Pierre. C'est sûr, maintenant qu'elle a montré le bout de son nez, le reste va suivre. Obligé.

Le froid était monté le long des cuisses, irradiait dans le bas-ventre, ce ne serait bientôt plus supportable. « Je ne vais pas m'évanouir quand même, s'obstinait à rigoler Pierre. D'ailleurs, même si je voulais, je ne pourrais plus revenir dans la machine, je ne peux plus rien bouger, la glace va me monter au cœur, l'arrêter et bloquer tout en moi avec lui, et la lune, même si elle se lève pour de bon, n'y pourra rien. » Il fallait vraiment que la situation soit critique pour que Pierre se laisse aller à un tel pessimisme.

Alors, il se dépêcha de penser : « En tout cas, heureusement qu'elle va être là, la lune. Heureusement qu'elle va briller, briller vraiment, sinon ce serait pas la peine d'exister, je veux dire, de se lever chaque matin. » Et, de fait, le rond blême se plaquait maintenant sur l'épaule de la veste de laine, faisait le tour de la grosse face de Pierre, de son gros nez, de sa grosse bouche, aveuglait les gros verres de ses lunettes givrées.

« Dans trois minutes, tout ça va se mettre à scintiller, c'est sûr. » Et il en était là, le Pierre, dans le béton de glace jusqu'à la ceinture, les joues grises, les yeux grands ouverts qui ne voient plus, face à la lune là-haut qui va sûrement lâcher ses confettis d'or blanc dans deux minutes, trois au plus. Et le vent qui engouffre encore ses râles.

Nous en étions là, et qui sait ce qui serait advenu dans quelques heures seulement si rien ne s'était passé. Sans doute serions-nous allés jusqu'à la mort de Pierre, le sifflet de plus en plus faible, la sale vision du cadavre découvert le lendemain matin, debout sur la route dans son mètre de neige dure, gelé jusqu'au trognon.

Vendredi, 23 h

Elle n'avait jamais eu aussi chaud de sa vie.

Sa gorge hoquetait, comme séparée de tout le reste, s'acharnait à lancer ses soubresauts imbéciles sans demander leur avis aux autres morceaux de la carcasse. Sans parler du mucus réprimé, de l'air chassé comme à contre-cœur par les naseaux brûlants. Puis il y avait les yeux, les joues en crépitements. Les rares cheveux ratatinés sur le crâne, apeurés de comprendre qu'ils ne seront plus jamais lavés ni peignés. La peau des joues qui creuse sans plus de vergogne parce que le temps est passé. Et plus bas, l'immobilité du torse pris dans du plomb.

Enfin, disons que tout cela était à peu près normal dans le fond, vu les circonstances, puisqu'elle allait mourir. Mourir sans avoir presque rien vécu que des histoires imaginées. Elle pensa à l'Autre, morte depuis bien des années. Elle se demanda si l'Autre avait souffert aussi, souffert autant. Elle se demanda aussi pourquoi elle pensait autant à l'Autre, si près de la fin.

Elle poussa un petit cri de bébé.

Le plus terrible, c'était plus bas encore. Le ventre et les cuisses, les jambes et les pieds. Elle sourit dans la nuit noire. Ils ne répondaient plus, les affreux coquins. Ils avaient décidé de s'arrêter, sans rien demander à personne. Elle les comprenait. Elle avait eu tant de mal à les faire marcher, ses pieds, durant toute sa vie, à les faire avancer à petits pas, même pas valser, encore moins courir. Ils s'en allaient de côté, doucettement, et elle ne leur en voulait pas de filer à l'anglaise sans un au revoir. Ils ne s'étaient jamais vraiment aimés.

Côté abandon, il y avait aussi, surtout, les mains. Elles qui avaient tellement tenu de stylos à bille, à mine et à plume, tapé sur des touches rondes et carrées, écrit jour après jour de plus en plus maladroitement que c'était devenu une espèce de cauchemar. Posées dorénavant de chaque côté, ses mains. Traversées de secousses, un vibrato sans volonté, à la fois automatique et nourri par les extrêmes profondeurs.

Tout le noir enfin, alentour et dans la tête aussi. Car la tête est lourde de ténèbres et pourtant extraordinairement vide, incapable de se reposer, réticente à ne plus bouger une fois pour toutes alors qu'elle serait si bien, la tête, immobile, enfouie comme une minuscule bestiole dans une sinuosité de sable.

« Il faut que j'avance dans mon histoire, se dit-elle, il ne me reste plus beaucoup de temps. » La douleur prenait ses aises, s'épanouissait jusqu'aux lobes des oreilles.

De plus en plus bizarre. Voilà qu'elle revoyait avec une netteté incroyable le visage de l'Autre avec ses cheveux noirs tout courts, son air renfrogné de petite fille boudeuse, au sale caractère. Elles n'avaient pas tout à fait huit ans. C'était un après-midi d'été de plein soleil. Elles ne s'étaient jamais revues.

Elle essaya de se retourner sur sa couche, en soufflant, les yeux fixes, la langue pendante. Quelques hennissements, puis elle retomba sur le dos.

« À un moment, pas trop tard, il va bien falloir faire intervenir la nièce, se dit-elle encore. La pauvre, elle est venue me voir deux fois aujourd'hui. C'est vrai qu'elle ne pourra sans doute pas venir me voir durant les prochains jours, elle a d'autres chats à fouetter. Et elle se sentira coupable, elle n'a pas fini de se sentir coupable. En attendant, voilà Adrien. »

Pierre et Adrien dans la tempête

Disons qu'il se passa quand même une bonne heure avant que la neige se calme un peu et que le vent arrête de râler comme un malade.

Pierre n'entendit pas la longue voiture noire qui arrivait, secouée de frissons chaotiques, en sens inverse, pour s'arrêter dans un sursaut au beau milieu de la route, à deux mètres de lui tout au plus. Il ne vit pas non plus l'homme emmitouflé dans un immense manteau de fourrure blanche, la face enfoncée sous un capuchon de moine, qui descendait de la voiture, s'avançait avec ses longues bottes, enjambant les cornes de neige. S'il l'avait vu à ce moment précis, Pierre aurait eu peur.

— Vous ne devez pas voir grand-chose. Vous avez l'air d'un aveugle.

La voix venait de très loin, accompagnée d'un souffle chaud. La grande patte de l'homme sous le gant de cuir frottait les verres glacés des lunettes de myope. Pierre pensa à la chaleur dans laquelle devait être cette main-là et la chose lui fit du bien. Il aurait aimé dire qu'il n'était pas aveugle, qu'il ne l'avait jamais été et ne le serait jamais. Il ne pouvait pas parler. Enfin, pas encore, mais ça ne saurait tarder.

— Qu'est-ce que vous faites debout dans toute cette merde ? Vous êtes mort ou quoi ?

Alors Pierre dit, et il était si heureux de le dire :

— Pas du tout. Qu'est-ce que vous allez chercher ? J'étais parti faire un petit tour, c'est tout.

Et il réussit à produire ce qui aurait pu ressembler à un sifflotement.

— Et vous sifflez dans un état pareil ?

Pierre voyait maintenant. Le visage de l'homme extraordinairement long et maigre. Ses yeux, très noirs, emplis de chagrin ou de colère. Ils devaient être toujours ainsi, emplis de chagrin ou de colère, se dit Pierre. La bouche mince, le nez osseux et pincé. Toujours aussi pincé sans doute, même quand il ne fait pas aussi froid dehors, se dit encore Pierre.

— Heureusement qu'elle était là !

Il était si content de pouvoir parler, rire un coup.

— Qui était là ?

— La lune. Vous ne la voyez pas ?

— Il n'y a pas de lune. Il ne peut pas y avoir de lune dans une tempête.

— Ah ! c'est ce que vous croyez, vous.

L'homme avait commencé à pelleter vigoureusement tout autour du trou de glace et les élans de ses bras sous le manteau de fourrure blanche traçaient de formidables trajectoires dans l'air noir. Car le ciel était noir, sans la moindre poussière de lune ou d'étoile.

— Hé, pourquoi vous jetez la neige sur mon auto ?

L'homme ne répondait pas, continuait de lever la neige qui se rabattait en gerbes lourdes sur la voiture de Pierre, affalée de travers sur le bas-côté. Il soufflait fort, il devait avoir chaud à se démener de la sorte. Derrière lui, au milieu de la route, la longue voiture noire attendait en ronronnant sous les flocons qui lui coulaient sur le dos, gigotaient dans les faisceaux pâles des phares.

— Eh bien, elle a dû repartir, la lune, c'est tout, elle va revenir. D'ailleurs, je vais vous dire…

Pierre parlait tout seul. Il était intarissable à présent, tandis que l'homme donnait toujours ses coups de pelle en suant, soufflant, la tête rouge écarlate, le capuchon renversé.

À un moment, Pierre dit entre autres :

— Je pense bien que je vais laisser mon auto ici et tout et tout.

— Non. Vous allez venir avec moi. Vous allez rassembler tout ce que vous avez dans cette voiture, vous ne devez rien laisser.

L'homme avait fini de pelleter, saisissait le gros Pierre, le levait, le tenait un moment au bout de ses bras comme un bébé qui vient de naître, le reposait dans le trou élargi.

— Vous allez prendre vos bagages et monter dans ma voiture. Vous pouvez marcher ?

— Et comment ! J'aimerais vous le montrer, mais je ne peux pas, au fond de ce trou.

— Il va falloir que je vous porte. Bon d'accord, mais arrêtez de siffler. Je vais prendre vos bagages.

— Je n'ai pas de bagages.

L'homme le tirait du trou. Pierre sentit le sol glacé sous ses pieds. Il risqua un pas. Et heureux de ne plus s'enfoncer, il sifflota.

Les yeux noirs de l'homme étaient, semble-t-il, plus emplis de chagrin que de colère.

— Ce n'est pas possible. Tout le monde a des bagages, au moins un sac.

— Eh non, pas le moindre sac ! Vous comprenez, j'étais seulement parti faire un petit tour.

L'homme le tenait sous un bras, l'emportait jusqu'à sa voiture qui ronflait toujours doucement au milieu de la route, le jetait sur la banquette arrière.

— Hé, dites, faudra pas tomber dans mon trou quand on va repartir ! Et puis ne faites pas cette tête-là, puisque je vous dis que j'ai rien, pas une seule petite chose dans mon auto !

— Il faut y aller maintenant, la tempête reprend, dit l'homme.

Et avec un regard désolé à la voiture de Pierre, étalée sous la blancheur comme un cheval mort, il ajouta :

— Quel gâchis.

Ils roulaient depuis deux heures bien sonnées. La route n'avait pas de fin, le ciel était bouché jusqu'à l'horizon, la neige tombait par saccades, cessait pour mieux se répéter, et les arbres n'en finissaient pas de se tordre de chaque côté.

Pierre parlait par à-coups parce qu'il ne réussissait pas à se taire très longtemps. Devant lui, il y avait la nuque tendue de l'homme qui dépassait du col de fourrure, les cheveux noirs mi-longs, très drus, d'un drôle de noir, un peu gluant se disait Pierre, peut-être parce qu'ils ne se remettaient pas du pelletage de tout à l'heure. Mais ce qui l'étonnait, ce n'était pas tant cette nuque raide que tous les paquets, valises, sacs à dos et sacoches qui l'entouraient, sur la banquette, il y en avait même sur le siège avant.

— Dites donc, avait osé Pierre, vous ne voyagez pas léger, vous !

Et il avait demandé aussi à un autre moment :

— Vous vous appelez Adrien ? Il y a ce nom-là écrit sur la valise à côté de moi et sur ce sac-là aussi.

— Ne touchez pas à mes sacs.

— Je peux vous appeler Adrien ?

Une bourrasque avait masqué les grognements de l'homme et Pierre avait pris la chose comme un assentiment.

— Quand je pense que vous m'avez sauvé la vie.

Et puis :

— Je suis sûr que vous avez le coffre plein de tas de trucs et de machins aussi.

Les yeux chagrin se faisaient colère dans le rétroviseur.

— Où sommes-nous maintenant? ajouta Pierre, comme ça, pour changer de sujet de conversation.

Les yeux n'étaient plus dans le rétroviseur. La voix était morne.

— Il faut s'arrêter. On ne peut pas rouler sur place toute la nuit.

Pierre acquiesçait. Il avait terriblement chaud. Mais après toutes les aventures par lesquelles il était passé, il l'appréciait bougrement, cette chaleur. Une chose l'inquiétait quand même, une grosse valise, à côté de lui, juchée sur d'autres bagages plus étroits et qui dansait de plus en plus en mal d'équilibre tout en haut, près du toit de la voiture.

— On descend.

Pierre soulevait les fesses de la banquette, essayait de voir, dans les lueurs des phares, l'endroit où Adrien avait arrêté l'auto. Des arbres, une allée et, pas bien loin devant, une grosse maison en vieilles pierres, de grandes fenêtres pleines de lumière jaune bien grasse.

— C'est chez vous ?

L'homme ne répondait pas. Sa haute silhouette blanche faisait le tour de la voiture, se penchait vers les sacs et les valises.

— Il faut tout rentrer dans la maison.

— Hé, ça peut rester là, non ? Tous ces trucs-là ne risquent pas de mourir de froid !

Adrien sortait quatre valises, marchait à grands pas vers la maison. Un éclair dans le ciel. Et puis d'un coup, une pluie féroce.

— L'orage maintenant, c'est pas croyable !

Pierre courait à la suite d'Adrien, deux sacs sous les bras.

— C'est chez vous, non ? Ou alors vous avez oublié où vous habitez ?

De l'eau coulait à grosses gouttes sur le long visage d'Adrien. Ils se trouvaient tous les deux devant une grande porte en bois. Il y avait partout des roulements de tonnerre et brusquement, dans la voûte noire, un immense éclair bleu.

— Non, ce n'est pas chez moi ici, dit Adrien. Et je ne peux pas avoir oublié. Je me souviens de tout.

— Eh bien, c'est formidable, moi c'est le contraire, je ne me rappelle rien ou alors si peu de choses. Tenez, mon aventure de corps debout dans la neige, vous verrez, dans un an ou même avant, hop ! ce sera parti.

Le hall était grand comme celui d'un manoir. C'est à ce moment que Pierre décida d'appeler la maison le manoir.

Adrien et le manoir

Adrien, d'habitude, vivait avec son père. Ou plutôt habitait avec son père. Ou à côté de son père. Le père ne sortait pas de sa chambre et Adrien ne sortait guère de la sienne. Sauf quand il y avait une urgence à éponger.

Adrien n'habitait pas très loin de chez Pierre. Plus précisément, il vivait dans la même partie de la ville qui n'était pas une très grande ville, rue de l'Hôpital. Les deux hommes ne s'étaient jamais rencontrés jusqu'à ce qu'Adrien trouve le gros bonhomme au beau milieu de la route enlisé jusqu'au nombril.

Adrien était parti sans qu'il y ait véritablement urgence. C'était le début d'un long week-end. Adrien avait quitté son immeuble aux briques blanches et tristes, était sorti de la ville pour se changer les esprits, le passé, le cerveau. Cela lui arrivait à l'occasion. Quand il n'y avait pas de véritable urgence, mais qu'il en avait assez d'entendre le père gémir dans la chambre d'à côté. Quand le cerveau dans sa tête pesait trop sur lui.

Il avait d'abord consciencieusement bourré la voiture, coffre, siège et banquette. Car qu'il aille tout près ou assez loin, il emportait invariablement ses six valises, ses huit sacs à dos et quatre sacoches. Il savait par cœur ce qu'il y avait à l'intérieur. Comme il savait aussi tout ce qui se trouvait à l'intérieur de son petit appartement. Pas seulement dans sa chambre. Partout. Il n'avait que ça à faire. Tout regarder, tout vérifier en sachant à l'avance que tout ce qui devait s'y trouver s'y trouvait. À part les urgences à couvrir et qui, par définition, arrivaient relativement à l'improviste.

Cette fin d'après-midi-là, en quittant la ville, Adrien avait un goût de grosse amertume dans la bouche. Comme s'il allait y avoir bientôt une fin à tout ça, à l'appartement gris hiver comme été, coupé en deux chambres également étouffantes, à l'automatisme de toujours ouvrir et refermer les bagages ou ruminer les images qui lui passaient dans la cervelle, figé sur son lit avec l'œil vide d'une vache assise dans un pré.

Il soupirait, déjà irrité, en s'asseyant au volant de sa longue voiture noire d'un vieux modèle qui faisait sourire les passants. Et sa mauvaise humeur grimpa, une fois la ville partie derrière son dos, parce qu'une des valises dansait dangereusement à l'arrière, juchée sur les autres, tout en haut, en flagrant déséquilibre. C'était une des plus grosses valises, il était évident qu'elle aurait dû être en dessous de la pile et non au-dessus. Et il s'inquiétait pour l'intérieur. Le plus extraordinaire, c'est qu'il ne savait plus trop ce qu'elle contenait, la fichue valise. Lui qui savait tout, vérifiait tout pour constater qu'il savait déjà tout. Adrien avait très chaud dans son lourd manteau blanc et sous son grand capuchon en pensant à tout cela. Des livres, il devait y avoir des livres dans cette valise, ou des torchons, des vêtements, en tout cas pas d'animaux en peluche ni de tableaux ni d'objets fragiles, du moins, il l'espérait de toutes ses forces.

Adrien n'aimait pas ce goût de fin du monde qui lui grattait à présent la gorge. Le noir était arrivé trop subitement. Et le vent s'était trop levé et la neige tombait trop drue, plus drue que dans aucun de ses souvenirs, et Dieu sait s'il en avait, des souvenirs.

Adrien ne s'étonna pas cependant de cette tempête précoce alors que le mois d'octobre ne faisait que commencer. Adrien ne s'étonnait pas de grand-chose. Mais la valise dansait de plus en plus à l'arrière et ça lui faisait mal de la voir ainsi sautiller et de ne plus savoir ce qu'il y avait dedans. C'était la première fois dans sa vie qu'il oubliait.

Alors, comme il aurait dû s'y attendre, voilà que le mal de tête montait, plus furieux que la tempête autour. Il escaladait, comme d'habitude, l'œsophage, bientôt occuperait la tête jusqu'à menacer de la faire exploser. Ce qu'il fallait faire : comme d'habitude, comprimer les tempes, faire évacuer le mal par les oreilles, la bouche, quelque orifice que ce soit sans qu'il ait eu le temps de s'imprimer quelque part, de se coller aux autres souvenirs qui sont déjà là, bien ancrés, qui dansent et défilent sur fond de cerveau malade, en se fichant de tout.

Adrien criait en se prenant la tête quasiment à deux mains tant il avait mal tout en conduisant. Il n'avait donc plus guère de prise sur le volant et il aurait sans doute fini dans un banc de neige sur un côté de la route ou dans l'écorce d'un des grands arbres râleurs de l'autre côté s'il n'avait pas été amené à arrêter la machine au milieu de la route, face à l'homme de neige-tronc.

Le tas bougeait, un peu, pas trop, comme un balancier tout près de s'arrêter une fois pour toutes, encore soutenu par une brise de mourant. Adrien s'était avancé, avait frotté les verres de givre de la créature. L'incroyable, c'est qu'il y avait des yeux derrière les vitres, de gros yeux aqueux et fixes. La chose continuait de vaciller doucement sur place, presque joyeusement, et les prunelles s'allumaient. Adrien avait alors pensé avec une certaine colère que cette vision grotesque ajoutait à son désespoir. Il n'aurait jamais dû s'arrêter. Ce bonhomme l'alourdissait. Et quand la créature avait commencé à siffloter, le tout était devenu carrément insupportable.

C'est pourquoi Adrien avait dit :

— Et vous sifflez dans un état pareil ?

Il n'était pas au bout de ses souffrances. D'abord, l'histoire stupide de clair de lune, puis le bavard qui n'arrêtait pas avec ses questions et ses exclamations à tour de bras tandis que lui pelletait, suant et soufflant. Et puis, l'abandon de la voiture soi-disant vide, car la chose avait prétendu n'avoir aucun bagage. Comme si cela se pouvait.

Adrien avait décidé de penser à autre chose, jeté le bonhomme sur la banquette arrière et démarré. Il ne fallait plus penser à cela, il connaissait trop la boule qui se remettait à lui remonter dans l'œsophage, qui renaîtrait dans pas longtemps au creux de la poitrine puis ferait le pont entre la gorge et les poumons.

Le petit homme jacassait dans sa nuque. Et la valise tanguait, allait tomber, c'est sûr.

— Il faut s'arrêter. On ne peut pas rouler sur place toute la nuit.

La souffrance avait baissé quand il avait arrêté la voiture devant le manoir. Et la chose qui lui demandait si c'était chez lui. L'imbécile.

L'important, c'était d'arriver à tout rentrer. La pluie fouettait les grandes vitres, le salon baignait dans une lumière chaude, quasi solaire. Une immense cheminée, un feu tout heureux d'y flamber, et juste devant, deux hauts fauteuils de bois sombre. À part cette pièce, le noir partout, répandu à qui mieux mieux, y compris dans la cuisine sans doute, car il devait y avoir une cuisine, et dans les chambres au-dessus car il devait y avoir un, sinon plusieurs étages et des ailes et des tourelles et des escaliers dérobés vu que c'était un manoir.

Au moins le bonhomme de neige avait cessé de parler, il marchait de long en large, n'osait pas trop s'éloigner du salon, de peur d'être happé par les ténèbres. Et puis, il revenait bêtement à la charge :

— Je suis sûr que vous mentez. C'est chez vous ici, non ? Ou alors vous avez oublié où vous habitez ?

Le bonhomme n'attendait même pas la réponse, regardait déjà ailleurs, disait qu'il s'en foutait comme il se foutait de tout, parce qu'il avait le bonheur de tout oublier très vite. Il frétillait dans la grande salle, comme hilare, la bouche prête à s'arrondir en son sifflotement idiot.

Adrien le suivait des yeux. Son regard s'était fait terriblement colère. Il en avait tué pour moins que ça. Et celui-là ne passerait pas la nuit.

Le tableau à musique

Ce fut le premier incident grave de la soirée. Ni Pierre ni Adrien ne l'avaient prévu. L'ambiance depuis quelques instants s'était faite calme, sans plus de grondements ni d'aspérités. La pluie s'était arrêtée ou, si elle dégringolait encore, elle le faisait avec une certaine grâce, traçant des fils hésitants sur les hautes vitres. Le tonnerre se taisait, les éclairs ne venaient plus danser leur gigue à l'improviste. Quant à la tempête de neige, elle n'était plus qu'un souvenir. Et pour tout arranger encore, sur la table basse entre les deux fauteuils, devant le feu joyeux de la cheminée, on avait déposé deux verres, une bouteille de fin cognac et une carafe d'eau qu'on devinait extraordinairement fraîche. Une chaude lumière jaune baignait la pièce comme une mousse accueillante à l'odeur entêtante mais pas désagréable.

Pierre était fatigué. Après s'être enhardi pour aller voir, sur la pointe des pieds, ce qui se passait dans le halo de ténèbres qui encerclait le salon, il s'était dit qu'il méritait un peu de repos au sortir de toutes ces émotions. Il se disait aussi qu'il ne savait plus trop depuis combien de temps il était ici. Peut-être avait-il toujours habité ici. La merveilleuse faculté d'oublier.

Adrien était las. C'est qu'il s'était beaucoup démené. Il avait aligné un à un ses six valises, ses huit sacs à dos et quatre sacoches au fond de la salle, après avoir couru sous la pluie qui lui battait l'échine, était revenu comme un grand chat blanc mouillé, les prunelles exténuées, les pattes flageolantes. Mais il les avait rentrés, tous. Mis à l'abri. Dans la lumière. S'il avait dû compter sur le bonhomme, les huit sacs à dos, les quatre sacoches et six valises seraient encore seuls dans la voiture, menacés par le froid, la nuit et peut-être même par l'averse car le toit de la voiture n'était pas si solide, aucun toit de voiture n'est vraiment solide. Le petit gros avait rentré deux sacs en arrivant, c'était tout. Puis il avait préféré s'en aller fureter dans le noir épais au-delà de l'enceinte dorée du salon, il était sans doute monté voir à l'étage. Car, à un moment, alors qu'il revenait essoufflé dans le salon avant de repartir chercher d'autres sacs au dehors, Adrien avait entendu des pas à l'étage du dessus.

Bref, un peu de repos. Pierre avait l'air de dormir dans son fauteuil, un œil ouvert, l'autre fermé, l'air béat avec un sourire idiot qui lui tirait la bouche vers ses joues grasses. Adrien avait plissé ses yeux noirs, passant en revue par l'étroite fente ses trésors bien alignés sur le sol au fond de la pièce.

— Vous n'avez pas chaud? Je sais pas comment vous faites, devant le feu avec votre manteau... Moi, j'ai retiré ma veste. Vous savez, moi non plus, je ne retire pas ma veste pour rien. Je ne me souviens d'ailleurs pas du tout de la dernière fois où j'ai dû la retirer car il doit bien y avoir des fois où je la retire, ma veste.

Adrien pensait qu'il retirait son long manteau de fourrure blanche tous les soirs pour s'étendre sur le lit et chercher le sommeil. À part ces lamentables couchers, il ne retirait le lourd manteau puant qu'avant de régler une urgence, pour avoir plus d'ampleur dans les derniers gestes. Il l'avait retiré cinq fois à cette fin, si sa mémoire était bonne. Et sa mémoire était très bonne. Disons qu'en fait, ce n'était pas que pour avoir plus de liberté de mouvement qu'il le retirait, c'était aussi pour ne pas le salir, le manteau.

— Qu'est-ce que vous avez ? Hé, qu'est-ce qui vous prend ? demande Pierre.

Adrien s'est levé, de l'horreur dans ses yeux colère. Le regard et la bouche écarquillés, il tremble. Et d'un doigt, il désigne là-bas, au fond, une des valises assises en rang, la troisième en partant de la gauche.

— Je le savais, je n'aurais pas dû la laisser danser tout en haut, comme ça, seule, fragile…

Il court vers la valise, l'ouvre avec des caresses, et chaque mouvement de ses mains gantées et de ses longs bras dit une peine infinie.

— Vous voyez, l'avantage de voyager léger !

Pierre essaie de rigoler. Il s'est levé, s'est approché du dos sous la fourrure, qui frémit et lui fait peur.

— Ça ne sert à rien de vous mettre dans des états pareils !

— Regardez !

Adrien s'est retourné, il brandit devant lui un tableau de forme rectangulaire d'environ 40 centimètres sur 35, une scène champêtre aux couleurs d'ombres peinte sur du papier cartonné, qu'entoure un cadre lourd en bois noir.

— Il ne marche plus, il ne fera plus la musique !

— Un tableau à musique, c'est rigolo, ça ! Attendez, il me semble que j'ai déjà vu ce genre de truc il y a longtemps. Il y a un trou au centre du tableau et, dans le trou, une clé qu'on fait tourner pour faire jouer le mécanisme de boîte à musique qui se trouve derrière, et plus on a tourné la clé, plus l'air de musique joue vite. Après, on regarde la clé qui tourne toute seule dans le sens inverse pendant que la musique ralentit, ralentit encore, ça serre le cœur comme elle ralentit parce qu'on sait qu'elle va s'arrêter même si on ne sait pas quand, et puis elle meurt, comme au beau milieu d'une phrase.

Pierre a un petit rire gêné.

— C'est idiot, je me demande où je suis allé chercher tout ça dans ma tête ! Bon, eh bien, vous le ferez réparer en revenant en ville, voilà tout. Et puis si vous l'aviez laissé chez vous aussi !... Quelle idée de se balader avec un tableau à musique !

Adrien pleure carrément, la bouche grand ouverte, en serrant le tableau contre lui.

— Je ne peux pas croire que c'est la fin, la fin de tout ça.

— Mais non, et puis vous dramatisez toujours... Passez-le-moi, votre tableau, c'est peut-être pas grand-chose... Attendez, je vois la petite clé, là où se rejoignent les ailes du moulin. Comme je vous disais, il suffit de la tourner pour actionner la boîte à musique qui se trouve derrière et voilà, c'est simple comme...

— Jamais !

Il y a eu deux trois notes surettes et c'est tout. Pierre regarde le tableau. Cette toile de carton peint ciré est si sombre avec ses ombres de troupeau de vaches rentrant à l'étable sur fond de sapins vert épinard, de moulin rosé et de ciel violet de crépuscule sous la baguette d'une jeune fermière dans une désespérance sans recours possible. Pierre lui tourne carrément le dos. Il n'aurait jamais dû regarder le tableau à musique parce qu'il a mal lui aussi maintenant, parce qu'il se dit lui aussi que ce tableau malade ne jouera plus la musique et que c'est intolérable.

Adrien pleure maintenant plus doucement, avec, de temps en temps, des hoquets bizarres qui font sauter sa haute carcasse. Il a replacé le tableau dans la valise, refermé la valise.

Pierre est revenu s'asseoir, il veut sourire. Il y a encore de la détresse dans sa voix trop fluette :

— Vous êtes un drôle de type, vous ! Vous avez failli me faire pleurer ! Vous avez l'air tellement perdu dans la vie !

Adrien est encore debout au milieu du salon comme sur une scène de théâtre désert. Mais il ne pleure plus. Il a moins mal aussi, la souffrance a dû se ratatiner quelque part. Il s'avance. Pierre le regarde s'avancer et d'un coup, d'un seul, il ne retrouve plus dans sa mémoire de linotte le souvenir de son éternel sifflotement.

Il questionne :

— Pourquoi parliez-vous de fin tout à l'heure ? Quelle fin ? Celle de votre tableau à musique ? Bon, ne faites pas cette tête-là, je vous le réparerai, moi, quand il fera jour, votre tableau avec ses vaches et toute sa désespérance, et sa boîte à musique, derrière, qui joue un air à l'envers.

Pierre se demande pour quelle raison il a tenu à ajouter : « et sa boîte à musique, derrière, qui joue un air à l'envers. »

Et Adrien d'ajouter :

— Il n'y aura plus de jour ni de matin. C'est la fin. Finir ainsi, avec ça.

Et c'est en regardant Pierre qu'il a tenu à ajouter: « Finir ainsi, avec ça. »

Samedi, 1 h

Ça devait être ce qu'on appelle un répit. Elle avait moins mal. Le temps aussi s'était adouci. Il n'y a pas si longtemps, on annonçait une tempête. La tempête devait avoir eu lieu. Et puis il y avait certainement eu une accalmie car elle en avait décidé ainsi, puisque cette nuit, elle décidait de tout.

Il était évident que, sans oser parler de légèreté, il y avait moins de lourdeur. Le bas du corps ne répondait toujours pas, mais le souffle dans la poitrine faisait son chemin, les mains arrivaient à se lever de chaque côté du lit, quelques millimètres à peine, mais c'était déjà ça. Ses doigts crochus, brûlants dans leur dernière tremblote, étaient soulagés, dans le fond, les pauvres. Ils devaient se réjouir de ne plus avoir à porter, essuyer, racler, taper.

Elle aurait voulu voir ses mains. Elle essaya de se pencher à droite, puis à gauche, elle tremblait trop de partout au plus petit mouvement. Et puis, d'un coup, il y eut la peur. Attention, il fallait ralentir cette histoire-là, tout allait trop vite, il ne faudrait pas qu'elle perde trop de choses trop vite, qu'elle devienne trop vite légère, de plus en plus légère jusqu'à ne plus être rien, collée à la terre comme une poussière de papillon.

Des voix. Voilà qu'elle entendait des voix en plein cœur de la nuit. Des gens qui se parlent. Comme son Pierre et son Adrien. Et accompagnant ces voix, le chant des inflexions, la lumière, les odeurs et tout ce qu'il y avait de vie qui venait avec. Est-ce que c'était possible ?

Alors, elle murmure : « Ah oui, c'est vrai, il y a des va-et-vient toute la nuit ici... »

Elle repose les mains de chaque côté de la couche. Elle se répète qu'elle doit ralentir sa petite histoire, écouter, seulement écouter au lieu de prétendre toujours tout brusquer, inventer. C'est pour ça qu'elle crève seule, parce qu'elle n'a pas su s'entourer, écouter, elle s'est ratatinée sans plus vouloir voir personne. L'Autre, par exemple. Si elle avait accepté de la revoir, l'Autre, de lui sourire, à l'Autre qui ne souriait jamais, de lui prendre la main, de lui dire : « Allez, on est comme les deux moitiés d'une pomme, on devrait mûrir et pourrir ensemble. » Ce n'était pas leur faute si on les avait séparées un matin de plein soleil quand elles n'avaient pas tout à fait huit ans. Voilà, c'était exactement cela, ce n'était pas leur faute. Mais les années avaient passé, elle n'avait pas tendu la main à l'Autre ni même fait le voyage. Elle avait continué de faire rouler ses histoires dans sa tête, de plus en plus seule, folle et sourde. Pourtant, même cette nuit, surtout cette nuit, si elle écoutait, si elle acceptait seulement d'écouter, les voix ne se tairaient pas, ne s'éclipseraient pas sans même un au revoir.

Elle dit : « Je ne veux pas mourir. »

Elle fixait maintenant ce qui devait être la porte. Les suées reprenaient le corps étendu, recommençaient à l'étouffer et à le noyer tout à la fois. Un effort. Tourner la tête lentement, c'est ça, fixer un point dans le noir, diamétralement opposé à la porte. Elle voyait à présent la haute fenêtre, un vitrail doux bleu, avec au beau milieu un rond d'or et puis des gouttes de pluie qui s'attardaient.

Elle sourit. Son imagination faiblissait comme le reste. Ils se trouvaient dans ce qu'on pourrait appeler un manoir. Avec une fin d'orage en plus.

Elle aurait tout de même pu trouver plus original.

Le métier de Pierre et l'histoire de la dame qui voulait des tas de choses dans son cercueil

— Je m'appelle Pierre. Je vis dans un grand appartement rue de l'Église, au cœur de la ville. J'y donne des fêtes, je n'arrête pas d'y donner des fêtes. Les gens accourent des quatre coins de la province et du monde entier pour venir chez moi, ils cognent à la porte et entrent comme s'ils étaient chez eux. Cela ne m'ennuie pas. Au contraire. Ainsi, ma vie est une succession de fêtes, de visages aussitôt vus, aussitôt oubliés, et j'en oublie la vie, le temps qui passe et la fin tout au bout, je suis en suspension dans l'air, j'avance, tantôt lourd comme un vieux vaisseau de mille tonnes tantôt avec la légèreté d'un passereau qui ne fait que passer.

Voilà un bon bout de temps que Pierre parlait ainsi, à tort et à travers. Il se sentait bien, au chaud près des flammes, et le cognac lui veloutait l'intérieur. De l'autre côté de la table basse, l'homme au long manteau dormait ou faisait semblant.

— Monsieur Adrien, vous dormez ?

Il n'avait posé la question qu'une seule fois, pas deux. De peur peut-être, s'il insistait, de voir bouger la longue masse blanc gris étalée dans le fauteuil d'en face, de voir se rallumer les yeux sombres sous le capuchon.

Cependant, tandis qu'il continuait son soliloque à bâtons rompus, Pierre avait vu filtrer un éclair entre les paupières d'Adrien. Il devait surveiller ses sacs à dos, ses sacoches et valises du coin de l'œil. Qu'est-ce qu'il craignait donc qu'il leur arrive encore ? N'empêche que Pierre lui aussi lançait des regards à la sauvette sur les bagages, heureux de les retrouver, chaque fois, superbement alignés au fond de la grande salle, caressés par la chaude lumière qui semblait à présent couler dans tout le manoir. Car, Pierre l'aurait juré, le noir qui pesait tout autour avait reculé jusqu'aux portes, jusqu'au dehors où courait à présent un vent doux et parfumé.

Pierre se resservit un verre de fin cognac.

— Vous avez beau dire, ça ne peut pas finir comme ça, du jour au lendemain, tous ces matins nouveaux et merveilleusement toujours pareils. Le jour va se lever.

Il arrondissait les lèvres, voulait siffloter, n'émettait qu'un trille faiblard. Pierre eut un frisson, saisit sa veste de laine sur l'accoudoir du fauteuil et l'enfila avec la hâte d'un petit garçon pressé de retourner jouer.

— Je ne vous ai pas dit ce que je fais dans la vie. Vous ne le devinerez jamais. À me voir si gai, personne ne pourrait s'en douter. Je travaille dans un salon funéraire.

Il s'arrêta pour mesurer son effet. Pas de réaction d'Adrien, aucun éclair, même réprimé, sous les paupières. Il sortait une odeur forte du long corps aux jambes interminables, étendues jusqu'aux bottes croûtées de brun et de gris sale.

Pierre eut un petit rire, il faisait les questions et les réponses.

— Non, je ne suis pas embaumeur. Qu'est-ce que vous allez chercher, je touche à peine aux corps, je travaille dans un bureau au fond du salon funéraire, j'écris le nom des personnes qu'on nous apporte. Mon travail est de faire une fiche complète sur chacun, le nom, l'adresse, etc., et surtout de donner ce qu'on appelle une « dernière appréciation globale » qui restera dans les dossiers et sur laquelle les chercheurs pourront se baser pour leurs études et leurs sondages. Je dois d'ailleurs vous avouer que je suis assez bien coté dans le métier. Mes dernières appréciations globales sont recherchées par les universitaires les plus renommés qui préfèrent de beaucoup se fonder sur mes données que sur celles de mes collègues pour établir leurs statistiques.

Mon travail est le suivant. Quand on nous apporte un corps, je pars dans la salle des arrivées avec mon papier et mon crayon, je m'assois en face du mort et j'écris ce que je vois, la couleur des cheveux, des yeux s'ils sont ouverts, le menton s'il ne pend pas trop, la stature approximative. Non, je vous l'ai dit, je ne touche pas. Ou à peine. Seulement quand il me manque un renseignement essentiel.

Pierre avait de nouveau chaud. Adrien ne bougeait pas d'un poil, il puait de plus en plus.

— Parfois donc, je dois m'approcher pour mieux voir le teint, la dernière grimace, la dernière crispation du mollet ou du coude. Je note, et quand j'ai fini de noter, je repars vers mon bureau, je recopie au propre mes petits indices et je donne ma « dernière appréciation globale », c'est-à-dire que j'inscris mon trépassé dans une des mes colonnes. Car j'ai établi des catégories dont je suis l'auteur exclusif, selon le résultat d'ensemble de mes constatations, et je vous les donne dans le désordre : Peur, Résignation, Âme béate, Horreur totale, Refus catégorique, Déni ridicule, Ignorance, Surprise, Hâte. Dans la colonne « Hâte », je peux vous avouer qu'il n'y a pas grand monde. Le plus gros du tas se retrouve sous « Horreur totale ».

Cette fois, Pierre aurait juré qu'une des bottes crottées avait tressailli. Heureux du petit effet, il continuait en rigolant :

— Vous savez, ce métier n'est pas bien amusant mais, que voulez-vous, j'ai le merveilleux don d'oublier.

Les deux bottes avaient maintenant de minuscules sursauts. Pierre jubilait.

— Si je vous disais que je ne me rappelle même pas ce que j'ai fait hier, du mort que j'ai inscrit ni du temps qu'il faisait. Des fois, je me force jusqu'à me donner un terrible mal de tête et rien ne vient sur les années que j'ai bien dû passer, parce que vous ne me ferez pas croire que j'ai toujours habité dans cet appartement minable du centre de la ville où ne vient jamais personne. Je ne me souviens même pas pourquoi je suis parti aujourd'hui.

— Pour faire un petit tour. C'était le début d'un long week-end.

Adrien avait parlé sans ouvrir les yeux, croisait ses bottes. Sous le capuchon, le noir gommait le visage. Et, bien entendu, Pierre voulut rigoler.

— Hé, alors on a pas mal de temps devant nous ! Vous voulez que je vous raconte une histoire ?

— Une histoire vraie, que vous avez vécue ? Vous dites que vous ne vous souvenez de rien.

Adrien questionnait comme à regret, d'une voix d'outre-tombe. Pierre avalait une lampée de cognac. Le feu crépitait, la lumière jaune s'étendait et Pierre y était bien, flottant dessus comme un nageur qui fait la planche. Tout était douceur et velours. Bref, Pierre n'avait jamais été aussi heureux. Du moins dans ses absences de souvenirs.

— Alors voilà, tout a commencé un matin de juin, c'était le printemps, les feuilles aux arbres avaient le vert des commencements, le ciel était bleu comme seul peut l'être un ciel et…

— Abrégez.

— Pourquoi ? On a toute la nuit devant nous, non ? Bon d'accord, je ne veux pas vous voir piquer une autre crise… Dites, vous n'avez pas chaud ? Moi, je retire ma veste.

En posant sa veste sur l'accoudoir, Pierre sut qu'il n'avait jamais eu aussi chaud de sa vie.

— Je reprends. Donc, il fait très beau ce matin-là. On m'amène un nouveau corps. Je vais à la salle des arrivées. Dès que je l'ai vue, cette morte-là, je me suis dit : « Elle a quelque chose de bizarre, celle-là. » Et vous savez ce qu'elle avait de bizarre ? Elle souriait. Oui, monsieur, même morte, elle souriait, un sourire entendu, qui faisait retrousser les commissures, la rajeunissait parce que, j'avais oublié de vous le préciser, c'était une vieille femme.

Bref, elle était étendue là, sur la table des entrants, les yeux fermés, le petit sourire coquin. Car ce n'était pas le sourire d'une croyante heureuse, par la mort, de retrouver le Seigneur, et que j'aurais pu classer illico sous ma catégorie et dans ma colonne « Âme béate ». Non, ce sourire-là avait quelque chose de malicieux, de blagueur. J'ai tout de suite pensé qu'ils lui retireraient ce rictus en l'embaumant parce que ça ne faisait pas sérieux, une morte qui rigole doucement. Bon, en tout cas, moi, il fallait que je sache pourquoi elle était morte en se réjouissant de la sorte, vous comprenez, elle n'entrait sous aucune catégorie, dans aucune de mes colonnes. Et ça, c'était impensable.

— Et pourquoi souriait-elle ?

— Ah Ah !

Pierre était heureux de l'intérêt que démontrait Adrien, même si les yeux restaient fermés, si la bouche gardait un pli amer et que le ton était passablement exaspéré.

— Eh bien, je l'ai d'abord bien regardée, à la loupe, dans tous les détails. Rides, boutons rouges et noirs, poils petits et longs, tout y est passé.

— Et puis ?

— Je vous intéresse, dites donc ! Eh bien j'ai trouvé.

Ça n'avait rien à voir avec la peau, les boutons et le reste. Je n'avais tout simplement pas lu entièrement les notes que l'on m'avait remises comme toujours pour me guider dans ma dernière appréciation globale. Elle était morte à l'hôpital d'un cancer généralisé, rien que de très banal. Mais elle avait demandé qu'on mette des tas de choses dans son cercueil avant d'être mise en terre. Vous comprenez ?

— C'est pour cette raison qu'elle souriait.

Enfin, il y avait plus qu'une lueur filtrant au milieu de la face de ténèbres au fond du capuchon.

— Eh oui, parce qu'elle savait qu'elle ne partirait pas seule. Et vous savez quels étaient ces objets ? Deux livres d'enfance, trois bagues, deux colliers qui brillaient dans le noir, un verre en cristal, des bas avec des trous, des sachets de sucre, un plumeau, un tableau.

Adrien eut un sursaut.

— Un tableau ?

— Attendez, c'est pas tout ! Elle voulait aussi des photos en noir et blanc, un rouleau à pâtisserie, des crayons de couleur et une trousse de maquillage avec miroir, pince à épiler, fards à joues, à paupières, rouge à lèvres et lime à ongles.

Je me suis approché, ma feuille à la main, et je lui ai dit « Qu'est-ce que tu veux faire avec tout ça, petite tête d'épingle ? » Parce qu'elle avait une tête minuscule.

— Et vous vous êtes dépêché de jeter la liste qu'on vous avait donnée et de classer votre morte dans une de vos stupides colonnes.

— Non, monsieur !

Pierre triomphait. Pour un peu, il se serait levé et aurait dansé sur place.

— J'en ai rajouté, monsieur ! J'ai ajouté à la liste un crucifix, un séchoir à cheveux, et puis pendant qu'on y était, une chaise, un bureau et une cuisinière à four autonettoyant !

— Vous êtes ridicule, comme si tout cela tenait dans un cercueil !

— Eh non, justement. Quand les embaumeurs et les autres ont vu tout ce fatras qu'il fallait faire entrer dans le cercueil de la vieille, ils ont préféré ne rien mettre du tout et les objets qui avaient été expédiés par la famille avec le corps se sont retrouvés à la poubelle. Ma dame est partie toute seule dans son grand cercueil. Elle ne devait plus sourire, ce qui m'a permis de la classer dans ma catégorie la plus commune : « Horreur totale ».

— C'est horrible, en effet.

Pierre avala une troisième lampée de cognac.

— Vous voyez que je peux avoir des souvenirs quand je me force un peu.

— À moins que vous n'inventiez, comme vous inventez tout.

Il y eut un silence. Et tout à coup, une pluie violente. Le noir était revenu alentour. Ils se taisaient, accablés dans leur cercle de chaude lumière dorée.

— Voyons, Pierre, dit alors doucement Adrien, il n'y a pas dans votre vie un objet que vous avez aimé par-dessus tout ? Vous ne vous rappelez pas le premier objet que vous avez aimé ?

C'était la première fois qu'il l'appelait Pierre, et on aurait cru entendre comme une pointe de tendresse dans sa voix.

Pierre était ému.

— Non, puisque je vous dis que je me rappelle rien, jamais...ou presque! Et puis, je m'en fiche, je suis plus léger ainsi. Quand les choses ne sont pas, elles risquent moins de finir. C'est sûr que parfois, j'aimerais... Hé, il fait plus frais tout d'un coup, c'est ce vent, on dirait qu'il entre par les fenêtres!... Je pense que je vais remettre ma veste.

Et il rajoute, ratiné au fond du fauteuil:

— Vous me direz mes souvenirs, Adrien? Vous me les conterez? Quand j'étais petit, ma première douleur, mon premier rire, mes premiers sifflotements?

— Quand le moment sera venu, dit Adrien.

Et puis il demande:

— Pierre, repensez-vous parfois à votre dame qui souriait?

— Je ne sais pas. Je ne pense pas. Je ne me souviens pas.

Alors Pierre eut un énorme frisson. Pour la première fois il avait le souvenir de son appartement sinistre, gras et sombre, des soirs de grisaille, des matins qui l'éveillaient sans surprise. Et ces petits éclairs dans sa cervelle le transperçaient au fil de l'épée. Il essaya d'arrondir les lèvres en un de ces sifflotements idiots dont il avait le secret.

Quand il rouvrit les yeux, il n'avait toujours pas réussi à siffloter et Adrien se tenait au milieu de la salle, ouvrant ses sacs les uns après les autres avec des précautions infinies.

— Moi aussi, je vais vous raconter une histoire, disait l'homme en pliant et dépliant son long corps de fourrure blanche. Je vais vous conter comment et pourquoi je suis devenu un meurtrier de pacotille.

Le lourd passé d'Adrien et l'assassinat de l'homme à la cervelle d'or

— Vous voyez ça ? Il s'appelle Martin.

Adrien sortait délicatement de la première valise un ours en peluche borgne et galeux, reprisé au museau, avec du crin aux pattes.

— Eh bien oui ! C'est une peluche, on dit que tout le monde ou presque a eu ce genre de truc dans sa vie.

Pierre se demandait si Adrien allait ainsi lui déballer un à un tous les objets que contenaient ses bagages. Ce serait long. Mais Pierre n'était pas fâché. Entrer dans la toile tissée des souvenirs d'un autre, même d'un meurtrier de pacotille, lui qui n'en avait même pas un qui séchait sur le fil, c'était comme aller faire un petit tour. La belle humeur lui revenait. Et puis il eut comme un sursaut.

— Vous n'entendez rien, on dirait qu'il y a quelqu'un au-dessus ?

Adrien n'entendait pas. Il levait bien haut son ours démantibulé comme un trophée.

— Vous savez combien il y a de souvenirs dans ma tête autour de cet ours ? Dites un chiffre !

Pierre sourit. Dans le fond, c'était rigolo.

— Je ne sais pas, moi... deux ou trois, une douzaine ?

— Cent trois ! Et je pourrais tous vous les raconter. Tenez, son arrivée dans ma vie, à cet ours, quand j'avais cinq ans, je pourrais vous décrire le temps qu'il faisait, la robe que portait ma mère, ce que nous avons mangé et les odeurs qui se sont succédé tout cet après-midi-là. Je peux vous conter le deuxième et le troisième souvenir avec cet ours-là. Jusqu'au cent troisième.

— Eh bien, jetez-le à la poubelle, votre Martin, au lieu de le traîner toujours avec vous et d'en rajouter !

Adrien ne répondait pas. Son dos de neige se penchait vers un gros sac de velours rouge élimé.

— Et ça, vous voyez ça ?

Toujours avec douceur, comme s'il craignait de le casser, Adrien extirpait un miroir ovale au tain fatigué de taille moyenne, entouré de fausses perles dont plusieurs manquaient.

— C'était un samedi, à onze heures douze. Je me regardais dans ce miroir, il faisait chaud, nous avions tous chaud à la maison, c'est tout, vous comprenez ? Seulement un souvenir encore sans intérêt, mais qui reste là, qui s'incruste. Vous comprenez ? Et ça et ça ?

Il allait d'un sac à dos à une sacoche, déballait frénétiquement, déposait sur le sol deux réveils, des photos jaunies, des colliers emmêlés, de la vaisselle pas propre, quatre vases tarabiscotés, des crayons noirs, vingt-trois pères Noël aimantés dits pères Noël de frigidaire et, pour finir, il sortit d'une des sacoches un portefeuille bourré de papiers mangés par le temps.

— Vous êtes pire que ma vieille, vous ! rigolait Pierre. C'est drôle qu'on ne se soit pas rencontrés, moi qui ne me souviens de rien et vous qui voulez tout vous rappeler.

— Mais je ne veux pas ! Vous ne comprenez pas, vous ne comprenez donc rien ! Je ne veux pas me rappeler !

Adrien boudait à présent, assis sur le sol comme un enfant têtu, avec son ours juché en mauvais équilibre, qui valsait sur ses genoux. Son capuchon était tombé dans l'agitation, projetant à la lumière sa face ravagée.

— J'avais dix ans quand je me suis aperçu que tout restait en moi, que rien ne ressortait, que je deviendrais de plus en plus lourd. Qu'un jour, je ne pourrais plus faire un pas.

— Écoutez, j'entends vraiment comme s'il y avait quelqu'un là-haut, dit Pierre.

Adrien haussait les épaules, se relevait, se mettait à tout ramasser, ours compris, replaçait les objets exactement dans les sacs à dos et les sacoches dont il les avait sortis avec des gestes précis, quasiment affectés. Il bouclait chaque bagage en reniflant. Quand il se retourna vers Pierre, le capuchon recommençait de manger son visage d'ombre, les yeux redevenaient colère.

— Je m'appelle Adrien, je vis avec mon père malade dans un petit appartement du centre-ville, rue de l'Hôpital, pas très loin de chez vous. Je ne fais rien de la journée, je ne donne pas de fêtes, je ne sors jamais, même pas pour faire un petit tour, à moins qu'il y ait une urgence. Pourtant, aujourd'hui, en fin d'après-midi, je ne sais plus pourquoi, je suis sorti de la ville.

— C'était le début d'un long week-end, précisa Pierre.

Adrien se rasseyait près du feu, étendait de nouveau ses jambes. Son manteau puait la charogne et la pluie sale. Il reprenait, comme calmé :

— D'habitude, je ne sors que lorsqu'il y a une urgence.

Il eut un sourire.

— Vous voyez, j'arrive encore tout de même à m'étonner. Mais j'aurais voulu m'étonner bien davantage dans la vie. Si près de la fin, c'est dommage.

— Quelle fin ?

On aurait dit que le noir s'épaississait encore autour d'eux. Le feu continuait bien de lancer haut ses flammes jaunes et bleues et la lumière de mousser ses ondoiements dans la salle, mais la noirceur avait fait des progrès, on ne distinguait presque plus les bagages d'Adrien sur le sol, comme retombés dans un trou noir et les fenêtres étaient plus bouchées que si elles avaient été murées.

— Je ne sais pas pourquoi je vous raconte tout ça, reprenait Adrien, et il avait l'air épuisé tout à coup. J'ai cru me guérir en transportant tout ce que vous avez vu là, partout avec moi. Chaque soir, je m'exerçais. Pour l'ours Martin, ne garder qu'un seul souvenir, un seul, pas deux, un seul ; pour le miroir aux perles aussi, pour la fourchette qui a gardé des traces d'omelette, pour les vases qui puent encore les fleurs mortes, pour les colliers tout emmêlés. Je n'y suis pas arrivé. Les images m'échappaient, se remettaient sans m'écouter sur la ligne de départ, et recommençaient à avancer les unes derrière les autres. Et puis, un jour, ou plutôt une nuit que mon père à côté gémissait plus que d'habitude, j'ai compris que je n'avais qu'une façon de m'en sortir.

— Jeter tous vos trucs à la poubelle !

Les yeux d'Adrien lançaient plus que jamais de mauvais éclairs.

— Non ! Aller ôter çà et là quelques vies stupides, bref, occire quelques-uns de mes semblables et en profiter, à la dernière minute, pour leur fourguer une série de mes souvenirs, qu'ils meurent avec ma victime !

Adrien avait prononcé ces derniers mots avec une emphase un peu grotesque.

— Et combien en avez-vous tué de la sorte ?

Pierre essayait de rigoler, comme d'habitude. Il sentit courir sur son visage l'haleine glacée de l'autre. Car Adrien s'était approché jusqu'à quasiment le toucher.

— Cinq exactement. Et vous savez ce qui arriva ?

— J'espère au moins que vous faisiez une dernière appréciation globale tout de suite après. Ça doit être intéressant tout de suite après. Moi, je les vois trop tard, c'est pour ça que mes catégories sont incomplètes.

Alors Adrien, debout près du fauteuil de Pierre, bien droit comme s'il récitait une leçon à l'école, raconta comment il avait tué une mère de famille, un vieillard sourd, une prostituée et un artiste peintre.

— Hé, ça fait pas cinq, ça fait quatre !

Pierre s'obstinait, comptait encore et encore sur ses doigts, mais Adrien ne l'entendait pas, il racontait maintenant comment chaque fois, à chaque urgence qui le mettait hors de chez lui et le jetait sur le pavé à déambuler, chercher sa victime, la suivre jusque chez elle et la tuer à coups de couteau ou d'étouffement, il échouait lamentablement. Il n'y avait pas de transfert possible de maudits souvenirs. Il n'y avait au bout que la peur dans les yeux de celui ou de celle qui allait mourir, une horreur totale.

— Et voilà, c'est bien ce que je disais, rigolait Pierre.

Adrien poursuivait et sa voix prenait des accents traînants. Toutes ces malheureuses expériences n'avaient fait qu'accentuer son malheur puisqu'il ne faisait ainsi que multiplier les souvenirs alors que, s'il était resté chez lui, assis sans bouger sur son lit, il n'aurait peut-être pas réussi à faire un arrêt sur une seule image, mais du moins, il n'en aurait pas rajouté.

— Vous comprenez ?

Cette fois, Pierre en était sûr, il y avait quelqu'un au-dessus. Adrien continuait de parler, toujours debout, trop près. Pierre aurait voulu l'écarter pour tendre le bras vers la bouteille de fin cognac, mais il n'osait pas.

— Vous et vos histoires ! Quelle heure est-il maintenant ? Le jour devrait commencer à se lever.

Adrien voulait encore parler. Pierre se dit qu'il fallait peut-être l'écouter jusqu'au bout, même s'il radotait passablement, pour que le jour se lève.

— Vous connaissez la légende de l'homme à la cervelle d'or ?

Pierre eut un soupir de soulagement. L'autre s'était éloigné, et il pouvait se verser un nouveau verre. Le manteau de fourrure se dressait devant une haute fenêtre, la voix était comme le reste, faite d'ombres. Pierre se dit que ce serait peut-être long, mais qu'il y aurait bien une fin.

— Quand je l'ai rencontré, l'homme à la cervelle d'or n'avait plus beaucoup d'or dans la cervelle depuis longtemps. Il avait l'air très vieux, usé. Il n'avait plus rien du jeune homme qu'il avait été, excité par la richesse qu'il portait en lui. Parce que, je ne sais pas si vous vous souvenez, depuis qu'enfant on avait découvert que sa cervelle était en or et que c'était pour cette raison qu'emporté par sa tête si lourde il tombait si souvent, toute sa vie n'avait été que tentative de préserver cet or niché dans sa tête, qu'il lui fallait bien gratter quand il en avait besoin.

Il habitait depuis quelques années dans une minuscule mansarde, pas loin de chez vous et de chez moi. Il était veuf. Sa jeune femme était très dépensière et il ne lui avait rien refusé. Il l'adorait et elle avait achevé de le ruiner, c'est-à-dire de lui creuser la cervelle. Quand je suis allé chez lui, il lui restait peut-être vingt grammes d'or. Je ne voulais pas forcément le tuer. Seulement le gratter.

— Et lui refiler en douce deux ou trois petits souvenirs, ricane Pierre.

— Je me disais que ça ne pouvait que bien se passer, qu'il serait heureux d'abriter des souvenirs, lui qui n'avait plus rien qu'une cervelle vide et sanguinolente avec quelques granules d'or sur les bords. Je lui avais préparé les plus beaux de mes souvenirs, les plus charnus, les plus pesants aussi, l'ours Martin et le miroir aux perles. C'était pour son bien, vous comprenez, j'avais pitié de lui, j'étais sûr qu'il serait content d'en finir. Il me ressemblait parce que, comme moi, il devait toujours avoir mal à la tête.

On aurait dit qu'il m'attendait. Il était assis, souriant, sur une chaise en bois. La lucarne de sa mansarde derrière lui, baignée du soleil qui se couchait, lui faisait comme une auréole rouge autour de la tête. Il était plus grand, plus fluet que dans sa légende. Il avait un regard triste, bleu et triste.

— Vous êtes venu gratter ce qui me reste ? me dit-il.

J'ai dit qu'en échange, quand sa cervelle serait complètement vide, je lui verserais deux beaux souvenirs: un ours en peluche et un miroir avec des perles. Il n'a pas répondu. Il souriait toujours. Je me suis avancé, face à lui, et j'ai commencé à gratter doucement. Devant moi, l'auréole du soleil m'éblouissait, je ne savais plus trop où je grattais, et puis il n'y eut plus que du sang.

— Ce n'est pas la peine de continuer, dit alors l'homme à la cervelle d'or. Vos souvenirs, je ne peux pas les prendre ni les garder, je dois finir ma légende.

Il me dit qu'il devait ce soir-là, dans son histoire à lui, se promener dans la rue, l'air égaré, s'arrêter devant la vitrine d'une marchande et vouloir acheter des bottines avec des plumes de cygne pour sa femme, alors qu'elle était pourtant morte et bien morte, il le savait pertinemment, mais il continuait de l'aimer tellement, même morte. Il achèterait donc les bottines, voudrait payer et il mourrait là, avec ses bottines dans une main et les dernières raclures d'or dans l'autre. Alors, qu'est-ce qu'il en avait à faire, de mes souvenirs !

— Et vous l'avez tué tout de même.

— C'est vrai, je l'ai tué, il est tombé doucement de sa chaise. Le jaune blanc de la lune avait remplacé le rouge du soleil dans le rond de la lucarne et faisait une drôle de lumière dans la mansarde. Je suis revenu chez moi encore plus lourd.

— Pas vrai !

— Pourquoi dites-vous que ce n'est pas vrai ?

— Vous ne l'avez pas tué ! Je l'ai vu tout à l'heure, le livre à la couverture rouge et à la tranche dorée qui contient votre conte de l'homme à la cervelle d'or, dans un de vos sacs à dos là-bas. Et il n'y avait pas de page ajoutée ni arrachée. Je peux aller le chercher si vous le voulez, vous lire la dernière page. Allez, avouez donc que l'histoire finit comme l'homme à la cervelle d'or la racontait.

— C'est vrai que je l'ai tué, s'obstine Adrien, il est tombé doucement de sa chaise. Le jaune blanc de la lune avait remplacé le rouge du soleil dans le rond de la lucarne et faisait une drôle de lumière dans la mansarde. Je suis revenu chez moi encore plus lourd.

— Pas vrai ! En fait, il a fallu que vous vous inventiez un autre souvenir, c'est plus fort que vous ! En fait, je vais vous dire, vous aimez vous souvenir !

— Et vous, tout inventer toujours !

— Et qu'est-ce qui prouve que nous n'inventons pas, tous les deux ?

Cette fois, c'est Adrien qui interrompt :

— Il y a quelqu'un là-haut.

Samedi, 3 h

Ils étaient pathétiques tous les deux, à se raconter leurs bobos, leurs histoires. Elle aimait bien Pierre, elle aimait bien aussi Adrien, elle s'aimait peut-être aussi, enfin. Et grâce à Pierre et à Adrien, la douleur avait presque disparu. Le bas du corps ne remuait toujours pas, mais la souffrance taraudait moins, n'étouffait plus, ne noyait presque plus. Il y avait même une certaine fraîcheur, à croire qu'on avait entrouvert la fenêtre de la chambre. Pour le reste, le noir était toujours aussi noir, mais il s'était fait comme moins acide, plus velouté, presque caressant.

Elle avait bien aimé certaines répliques, surtout peut-être celles de Pierre, mais elle se défendait bien de quelque favoritisme.

Les voix s'étaient tues. Avec elles, la pluie avait cessé. Pour mieux revenir sans doute. Les orages de manoir se succédaient, comme dans les vieux films. À défaut d'être original, c'était tout de même drôle.

Elle repensa à son désespoir au tout début du récit. Bien sûr qu'elle était toujours aussi mal en point, qu'elle ne pouvait toujours pas et ne pourrait plus jamais s'asseoir d'un coup de reins, se lever, légère, marcher comme une grande. Mais les mains, elle pouvait les lever à présent, les épier du coin de l'œil. Elles étaient peut-être fichues mais elles avaient encore du ressort, même si elles ne pouvaient plus rien tenir. D'ailleurs, ça faisait un bon moment que les choses leur échappaient. Bien des objets, même les plus chers, des verres, des fourchettes, des joues, des regards qui avaient fini par se détourner d'eux-mêmes par pitié peut-être ou par ennui, et c'était très bien ainsi.

La porte s'ouvre.

— Ça va ?

La voix de l'infirmier de nuit était presque joyeuse. La porte se referme. Les pas s'éloignent dans le long couloir qu'elle n'avait vu qu'une fois, à son arrivée, et qu'elle imaginait, en cette nuit noire, incroyablement lumineux, aux parois clignotantes de guirlandes de sapin de Noël. Et voilà qu'elle se voyait, elle, au bras de sa mère, marchant dans cette débauche de couleurs, riant au chaud dans tous ces scintillements, comme à l'abri de tout, enfant éternelle serrée contre la fourrure du manteau maternel.

Mais non, elle inventait, c'est sûr. Comme elle inventait qu'elle pouvait bouger le gros orteil, laisser tomber la cuirasse plombée de chaque côté du lit, avancer blanche comme un ange fantôme, se noyer dans la lumière bleutée qui ondulait dans la pièce. Elle inventait encore, comme toujours. C'était la faute de sa mère si elle inventait ce bleu. Parce que sa mère lui avait raconté cent fois qu'avant de mourir, sa mère, donc sa grand-mère à elle, avait vu la Sainte Vierge. Il y avait du bleu dans la chambre et la dame en bleu qui passait avait le visage d'une lointaine cousine. Et la vieille était morte en paix. Qu'est-ce qu'elle n'allait pas inventer, sa mère !

Sa mère. Elle l'avait peu connue. Seulement quelques images qui restent, mais pour rester, elles restent. En fait, voilà ce qu'elle avait eu : un père falot et une mère qui contait toujours des histoires, des parents vite morts, comme un feu éteint à la première étincelle. Et deux petites filles habillées de noir, que les grands s'étaient partagées. L'Autre ne ressemblait pas à leur mère. L'Autre avait, enfant déjà, un mauvais caractère qu'elle devait avoir gardé. Et amère avec ça, une amertume perpétuelle qui allumait ses prunelles noires, faisait vibrer les coins de sa bouche. Une moitié de pomme pourrie avant d'avoir mûri.

Ça y est, il pleut à nouveau. Rien de surprenant, ni le tonnerre ni les éclairs, et encore moins les gouttes qui battent maintenant la vitre au lieu de ruisseler. Tout cela allait se calmer, et de nouveau, elle entendrait le murmure soyeux des voix des deux hommes.

Le manoir était silencieux, comme accroupi, le dos rond sous l'averse. Pierre et Adrien s'étaient peut-être endormis près de leur feu joyeux. Plus tard, ils se comprendraient mieux, peut-être même qu'ils arriveraient à s'aimer. Pour l'instant, ils s'amusent, cabotinent, se contorsionnent, ils ne savent pas que, bientôt, ce sera autre chose, que la vraie fin va commencer.

Mais elle se dit qu'il ne fallait pas aller trop vite, qu'elle devait se contenter de glisser doucement, heure après heure. Et, en ce moment, pas de doute là-dessus, elle avait vraiment moins mal. Rien de comparable à tout à l'heure. Et puis le jour allait se lever.

Il n'y a pas à dire, à cette heure précise de la nuit, ils se faisaient du bien, tous les trois, bientôt tous les quatre, mais n'anticipons pas.

Où Pierre se souvient à ses risques et périls

Pierre avait essayé de fuir. Pourquoi fuir s'il n'était pas prisonnier. C'est d'ailleurs textuellement ce que lui avait dit Adrien en lui barrant le passage :

— Pourquoi voulez-vous fuir ? Vous n'êtes pas prisonnier.

Il avait profité du fait qu'Adrien s'était endormi dans le fauteuil, près du feu, pour essayer de prendre la poudre d'escampette. Sans bruit, sur pattes de velours, il avait glissé jusqu'au vestibule ombreux, ouvert la porte énorme sur le rideau de l'averse. Il en était là quand Adrien était arrivé, lourd, derrière lui, s'était dressé devant Pierre dans la pluie drue. Pierre n'avait plus bougé, fixant la grande forme qui se confondait avec la tenture cristalline, d'un blanc qui lui brûlait les yeux.

À un moment, il avait été tenté de vite refermer la porte, de laisser Adrien dehors, ne plus les laisser entrer, lui et son manteau de fourrure ruisselant qui allait puer encore plus. Il serait bien, seul, dans le manoir, libre de ses mouvements, il explorerait les chambres du dessus, trouverait peut-être un meilleur compagnon que ce bonhomme complètement fou qui ne parlait que de lourdeur et de mort. Mais il se rappela qu'Adrien lui avait sauvé la vie, que sans lui, sans sa longue main gantée, il serait sans doute un cadavre gelé dans un trou de route.

Cette pensée lui rendit sa bonne humeur.

— Vous vous rendez compte, je viens d'avoir un vrai souvenir et, celui-là, il a l'air de vouloir rester !

Et il invita Adrien à rentrer en précisant qu'il avait ouvert la porte même pas pour aller faire un petit tour, seulement pour voir quel temps il faisait.

Le feu crépitait comme un bon feu qu'il était, sans qu'on ait même besoin de s'en occuper.

— Eh bien, puisque vous montrez tant d'impatience, le moment est venu, dit alors Adrien, d'un ton solennel.

Il avait mis de l'ampleur dans sa voix et en mettait maintenant dans ses gestes. Car il se démenait, allait d'un coin d'ombre de la pièce à un autre coin d'ombre, contournant avec soin ses bagages toujours posés à la queue leu leu sur le sol comme s'il craignait de les réveiller, et il répétait :

— Mais où ai-je mis les chandeliers ? Où ai-je mis ces sacrés chandeliers ?

Pierre le suivait des yeux, amusé, plutôt content dans le fond parce qu'on ne s'était jamais tant occupé de lui, qu'on n'avait jamais préparé pour lui seul une telle mise en scène.

Les hauts chandeliers étaient arrivés et, avec eux, les très hautes chandelles, fumantes de lumières pâles, droites comme des flammes de chalumeau. Adrien les avait placés sur le sol devant ses bagages. Il y en avait deux. Il se tenait au beau milieu, bien droit lui aussi, continuait de pérorer avec une solennité qui aurait pu faire sourire.

— Par quoi voulez-vous commencer ?

Pierre avait de nouveau enfilé sa veste de laine grise. Il haussait les épaules, du fond de son fauteuil, le cognac lui donnait un mal de tête bizarre.

— Vous savez, j'aime mieux vous avertir tout de suite, ça ne va pas être facile, mon vieux ! Des fois, je reste une bonne heure à essayer de me souvenir, dans mon appartement, assis sur une chaise. Je ferme les yeux très fort. Pour essayer, j'essaie, mais rien ne vient.

Il rigolait, mais un froid bizarre lui remontait l'œsophage.

— Au moins, essayez de me rappeler seulement les bons souvenirs ! Les mauvais, j'en veux pas, ils peuvent bien rester au fond.

Et puis, soupçonneux :

— Dites, qu'est-ce qui me prouve que vous n'allez pas sortir n'importe quoi ? Vous pourriez m'inventer un passé, je ne sais pas, moi, plutôt...

Alors, Adrien parla.

— Vous venez d'une famille tout à fait ordinaire.

D'après la description, une famille si plate, avec si peu d'intérêt qu'il était normal qu'il l'ait oubliée.

— Eh, ça commence bien, ricana Pierre.

Pourtant, il lui sembla que cette platitude familiale avait comme un goût, une couleur, une odeur surtout.

— Maintenant que vous m'en parlez, il me semble me rappeler un papier peint à fleurs roses sur le mur, une odeur de moisi, une autre de steak qui cuit dans la poêle.

— Vous confondez tout. Le papier peint à fleurs roses, c'était celui de la chambre à coucher que vous partagiez avec votre sœur jumelle. Le moisi, c'était le parfum qu'exhalait en permanence votre maison. Le steak, c'était la dame qui s'est chargée en grande partie de vous élever, que vous appeliez votre grand-mère mais qui n'était pas votre grand-mère, qui vous faisait cuire des steaks, même si elle n'avait pas d'argent et se saignait aux quatre veines pour vous faire revenir dans la poêle ces steaks-là. Elle vous faisait aussi porter un châle, votre fausse grand-mère, un châle que vous aviez appelé Rosalie.

— Pourquoi me faisait-elle porter un châle de laine ?

— De laine angora. Parce que, enfant, vous toussiez beaucoup.

— C'est vrai qu'il m'arrive encore aujourd'hui de tousser.

— Ah ! vous voyez.

Pierre ramena les pans de sa veste sur son ventre replet. L'autre était toujours planté au fond de la salle, entre ses chandelles sinistres.

Un peu déçu quand même, Pierre demande :

— C'est tout ? Je ne retrouve que des odeurs, pas de visages.

— Vous vous rappelez quand même la lumière des lampadaires sous la pluie, la rue luisante qui montait vers la maison de votre fausse grand-mère quand vous alliez dormir chez elle, les livres à la couverture rouge et à la tranche dorée que vous alliez chercher au grenier et les steaks, toujours les steaks, qui dansaient dans la poêle et les pommes de terre bouillies coupées en rondelles épaisses où glissaient les morceaux de beurre comme de petits bateaux qui vont sur l'eau, disiez-vous, et cette remarque enfantine faisait rire votre fausse grand-mère et tressauter son chignon gris. Et vous vous rappelez aussi les toilettes dans la cour, la cave à charbon, l'escalier aux hautes marches pierreuses et le tableau à musique, accroché au mur dans la chambre, près du grand lit, avec ses vaches et sa musique, un air alpin, vous vous souvenez, un air comme joué à…

— Attention, le tableau à musique, c'est vous, ça, c'est pas mon histoire à moi ! C'est la deuxième fois que vous essayez...

Pour un peu, Pierre se serait levé tant il était fâché. Mais c'est surtout la déception qui l'avait fait crier. Tant d'efforts pour essayer de se souvenir pour en arriver là. Des steaks et des morceaux de patates avec du beurre.

— Elle vous aimait, votre fausse grand-mère. Quand vous étiez petite, elle vous a aimée comme personne ne vous a jamais aimée.

« Qu'est-ce qu'il raconte ? pensait Pierre. Petite ? Pourquoi me traite-il de petite ? Il divague, le bonhomme. » Et puis Adrien avait pris un ton on ne peut plus théâtral qui acheva de mettre Pierre de mauvaise humeur.

— C'est tout ? C'est tout ce que vous avez à me dire ? Vraiment, ce n'était pas la peine de faire cette mise en scène, de prendre cette voix-là pour...

— Je n'ai qu'une photo d'elle dans sa jeunesse. Attendez, elle doit être quelque part...

Adrien ouvrait une sacoche, fouillait dans un tas de photos.

— Et qu'est-ce qu'elle fait, la photo de ma fausse grand-mère jeune dans vos affaires à vous ?

Adrien continuait de fouiller tranquillement dans le sac, accroupi près des chandeliers. Les flammes rectilignes traversaient le noir de ses yeux, immobile comme une eau morte.

— Écoutez, dit Pierre, on va passer à autre chose, on n'a plus beaucoup de temps devant nous, alors... Et après, qu'est-ce qui s'est passé après ma fausse grand-mère ?

Pierre boudait carrément, enfoncé dans son fauteuil.

— Vous ne voulez pas savoir qui vous a appris à siffloter ?

— Ma fausse grand-mère, bien sûr !

— Eh oui.

— Et après ? Après ?

Pour un peu, Pierre en aurait chialé. Il n'aurait jamais cru que commencer à se souvenir l'aurait jeté dans une telle détresse.

Adrien avait renoncé à fouiller dans le sac, se redressait. Sa voix, comme son ombre, était plus lasse, il ne cherchait même plus à faire d'effets. Il parlait très rapidement pour en finir au plus vite.

Il dit à Pierre que, après, il y avait eu quelques amis qui pouvaient se compter sur les doigts d'une main, depuis belle lurette disparus, morts ou enfuis, il y avait eu aussi un ou deux émois, troubles secrets, malheureux et enfouis. Enfin étaient venus la monotonie des matins, la mécanique du temps, les habitudes et l'oubli, naturellement. C'était logique que ça se termine ainsi. Et, en conclusion, Adrien dit à Pierre que c'était de cette façon que l'eau avait reflué, était venue combler le vide vertigineux de son existence et que, dans le fond, même si on allait au creux de ce grand vide-là, il n'y avait pas grand-chose qui valait la peine d'un souvenir.

— D'accord, frissonnait Pierre, mais c'est pas grave. Je suis toujours joyeux, moi, je sifflote, je vais faire des petits tours, j'invente des catégories. Et puis tant mieux si je n'ai rien du tout qui vaudrait la peine qu'on s'en souvienne. C'est de cette façon que j'ai traversé la vie, moi, en dansant, sur la pointe des pieds, sans bagages !

Et Pierre ajoute, heureux de sa trouvaille :

— Vous savez, je vais vous dire la vérité, je le fais exprès moi, de ne me rappeler que les bons souvenirs comme les petits bateaux, tenez, les petits bateaux qui vont sur l'eau, c'est-à-dire pratiquement rien. C'est moi, le gagnant dans cette histoire-là. Et vous devriez faire comme moi, au lieu de vous trimballer avec toutes vos valises, de pleurer quand elles sont un peu cabossées !

Il veut rire, ses lèvres voudraient s'arrondir.

— Qu'est-ce que vous faites maintenant ? Qu'est-ce que c'est que ce machin-là ? Puisque je vous dis que je me rappelle rien, aucun objet. Que je ne tiens à rien, vous entendez ?

Adrien s'avance. Il tient dans sa longue main droite gantée un père Noël aimanté.

— Et ça, qu'est-ce que vous dites de ça ?

— C'est un père Noël de frigidaire.

— En effet. À une époque, vous en faisiez collection.

Pierre regarde la chose, le bonnet rouge et le pompon blanc, la barbe blanc gris sous le sourire bon marché.

— Et ça, surtout ça !

Voilà qu'avec une moue gourmande de prestidigitateur Adrien sort une photo des profondeurs de son manteau.

— Mais…c'est la photo d'une assiette…

— Et vous vous souvenez de cette assiette-là ?

— Non… enfin, oui, peut-être… On ne voit pas bien, c'est une vieille photo en bleu et blanc…

— L'assiette est vieille aussi, et en bleu et blanc.

— Ah ?

— Et vous voyez ce qui est écrit sur l'assiette ?

Pierre lut et, à mesure qu'il lisait, de grosses larmes lui éclataient dans les yeux, embuant ses verres de myope.

— C'est écrit en haut *N. 6 À la campagne*. C'est parce que l'assiette fait partie d'une collection, il doit y avoir *N. 3 À la ville*, *N. 2 Chez le notaire*, *N. 1 Chez le médecin*. N'est-ce pas que c'est ça ?

Adrien acquiesçait, la mine grave au fond du capuchon. Et Pierre poursuivait, en reniflant bruyamment :

— En bas de l'image, c'est écrit *Mon amour est pur, Ô Mireille ! Ah bah ! Tu m'la fais à l'oseille*. Et ça représente un officier qui fait la cour à une paysanne sur la place du village avec une fontaine, une ferme dans le fond et c'est le soldat qui dit *Mon amour est pur, Ô Mireille !* et c'est la fille qui répond en rigolant *Ah bah ! Tu m'la…*

— Bon, on a compris.

Pierre aurait pu s'étonner de la brusquerie soudaine d'Adrien qui, d'un geste sec, retirait la photo, allait la ranger au fond de la salle, dans une sacoche.

— Hé, mais vous n'avez pas le droit ! C'est ma photo, c'est mon assiette !

— Non, monsieur, c'était l'assiette de votre fausse grand-mère.

— Et alors, elle me l'avait donnée, elle est à moi maintenant, cette assiette !

— Et où se trouve-t-elle aujourd'hui, cette assiette ?

— Je ne sais plus.

Pierre n'aurait jamais pensé qu'avoir retrouvé un souvenir, même un minuscule souvenir de petits bateaux, lui aurait causé une telle souffrance. Car il venait de revivre comme une absence l'or blanc du morceau de beurre et le sel croquant et la tiédeur de la patate qui gagne le beurre, le fait dériver, enveloppe le tout avec tendresse. Mais la souffrance du souvenir n'était rien à côté de ce qui surgissait à présent, le transperçait sans crier gare, la douleur de l'objet perdu. Car il avait perdu cette assiette. D'un coup, il se souvint du plaisir qui, autrefois, lui faisait si chaud de retrouver l'assiette chaque matin à son réveil, douce et rassurante, accrochée au mur de son appartement, heureuse d'être là, sans rien demander à personne. On la lui avait volée, c'est sûr.

— C'est vous qui me l'avez prise, elle est dans vos valises ! Je vais tout fouiller, vous entendez ! C'est ça, j'ai compris votre jeu, vous cherchez à me faire souvenir et quand je me souviens, plus rien, vous me l'ôtez aussitôt ! Eh bien voilà, vous devez être content maintenant, je voudrais mon assiette, je n'arrive plus à siffloter et je suis malheureux.

Pierre l'aurait juré, Adrien souriait dans l'ombre de sa capuche de moine. Alors Pierre se leva, c'était à son tour de prendre un ton solennel mais la voix était trop haute, elle tremblotait et rageait déjà qu'on ne la prenne pas au sérieux.

— Et puis j'ai bien vu que vous m'avez parlé au féminin tout à l'heure, je ne suis pas sourd !

La voix était totalement ridicule, secouée de trémolos. Elle s'obstinait quand même.

— Je vais vous dire, moi, même si vous m'avez sauvé la vie, vous me voulez du mal parce que vous êtes un assassin, vous ne pensez qu'à nuire. D'abord, votre père, qui me dit que c'est vrai qu'il souffre en ce moment dans sa chambre, que vous ne l'avez pas tué lui aussi pendant une de vos fameuses urgences !

— Taisez-vous !

Adrien s'avançait et de sa main gantée, faisait tomber le capuchon. Le visage tourmenté de tics ressurgissait.

— Je n'ai pas tué mon père ! Le cinquième, non, le sixième, enfin le dernier que j'ai tué, c'était un vieux pianiste, enfin je crois, je ne sais plus, c'est terrible, tout d'un coup je ne me souviens plus...

La pluie battait les vitres et le feu avait l'air moins joyeux. Adrien et Pierre étaient debout l'un en face de l'autre, si près qu'ils auraient pu se toucher, et on aurait dit que la face ronde de l'un et les joues creuses de l'autre se confondaient en un seul visage, la bouche de Pierre qui autrefois s'arquait pour siffloter et les lèvres trop minces d'Adrien, les yeux de larmes du myope et le regard de mort de l'homme au manteau blanc.

Adrien et Pierre en étaient à se mesurer comme des enfants dans la cour d'école. Au fond de la salle, il y avait toujours les flammes droites des deux chandeliers et les vagues silhouettes des valises, des sacs à dos et des sacoches posées sur le sol. Au dehors, l'orage en remettait. Entre deux éclairs, la pluie s'était transformée en neige.

Brusquement, tandis qu'un gros coup de tonnerre roulait sur le dos du manoir, les deux hommes se retournèrent ensemble vers l'escalier. Une forme descendait les marches, légère. C'était une femme.

Samedi, 5 h

La souffrance est redevenue totale. Elle se dit: «Ils vont s'arranger pour que je ne souffre plus, et c'est bien ainsi puisque je dois mourir pour ne plus souffrir.»

Il doit être cinq heures du matin, l'heure où l'hôpital commence à bruire dans les salles de garde, les corridors, pas encore dans les chambres. Bientôt, le bruissement se cassera en bruits aigus de vaisselle, de roulettes crissant sur le sol ciré.

Elle ne peut toujours pas bouger le bas de son corps et ses mains ne veulent plus faire l'effort de se soulever, ne serait-ce qu'un tantinet. Sa tête est lourde comme si elle avait bu. Pauvre Pierre. Pauvre Adrien aussi. Adrien surtout, la mauvaise tête. Enfermé dans ses silences, menteur, pourquoi aller inventer cette histoire de père souffrant chez lui, dans la chambre d'à côté ? Si entêté aussi. Quant à Cécile, la toute petite Cécile…

Elle sourit, elle ne sait faire que ça, sourire. Et puis elle répond d'un souffle :

— Oui, ça va.

Car l'infirmier de nuit a de nouveau entrouvert la porte de la chambre, passant quelques secondes une frimousse compatissante dans l'entrebâillement.

— Ça va ici ?

— Oui, ça va, merci, c'est gentil.

Elle sourit encore. Le petit infirmier, s'il savait…

Où la locataire du dessus apporte un peu d'air frais

Ils s'étaient retournés ensemble vers l'escalier. Ensemble, ils la fixaient. Ils avaient l'air de deux idiots ainsi, la bouche ouverte, complètement hébétés.

Elle était jeune, petite et frêle, avec de gros yeux clairs et des cheveux bruns courts tout frisés. Elle portait une robe d'été noire qui dénudait des bras maigres et blafards et tombait au-dessous des genoux sur des pattes courtes et grêles, sans mollets ni chevilles avec, au bout des bâtonnets des jambes, des pieds posés à plat dans des sandales en plastique d'un vilain rose sale.

Elle les regardait sans aucune expression de surprise, de curiosité ni de frayeur dans le lac bleu de son regard.

Pierre aurait pu dire : Qui êtes-vous ? Vous habitez ici ? Vous pourriez vous nommer tout de même ! Il ne disait rien, pensait seulement que l'apparition de la femme était plutôt comique et qu'il n'était peut-être pas trop tard pour que tout, finalement, absolument tout, cette nuit, prenne un tour comique.

Adrien ne disait rien non plus, il plongeait ses yeux dans les yeux clairs de la femme. Il avait rabattu son capuchon sur son nez et le noir lui mangeait la moitié du visage. C'est pourtant lui qui parla le premier :

— Vous n'avez pas de bagages ? Si vous en avez, vous pouvez les placer avec les miens, là-bas.

La femme n'avait visiblement pour bagages qu'un sac à main en satin vert, qu'elle serrait contre elle.

— Vous voyagez léger, vous aussi. Très bien ! rigolait Pierre.

Et il poursuivait sur sa lancée :

— Je m'appelle Pierre. Je vis dans un grand appartement au cœur de la ville. J'y donne des fêtes, je n'arrête pas d'y donner des fêtes. Les gens accourent des quatre coins de la province et du monde entier pour venir chez moi, ils cognent à la porte et entrent comme s'ils étaient chez eux. Cela ne m'ennuie pas. Au contraire. Ainsi, ma vie est une succession de fêtes, de visages aussitôt vus, aussitôt oubliés, et j'en oublie la vie, le temps qui passe et la fin tout au bout, je suis en suspension dans l'air, j'avance, tantôt lourd comme un vieux vaisseau de mille tonnes tantôt avec la légèreté d'un passereau qui ne fait que passer.

Pierre était si heureux d'avoir une compagnie autre que celle d'Adrien. Même si, au bout du compte, elle n'avait pas l'air si drôle que ça, la femme devait être moins sinistre que l'autre, ce n'était pas possible autrement. Et il ajoutait, comme grisé par ce bonheur :

— Je suis sûr que vous me connaissez.

Elle faisait signe que non de sa petite tête, clignait ses gros yeux hublots.

— Vous avez un nom ? s'entêtait Pierre, décidé, coûte que coûte, à entamer une conversation, une vraie.

— Cécile.

La voix n'était pas désagréable, un peu éraillée.

— Alors qu'est-ce qu'on fait maintenant ?

C'est tout juste si Pierre ne se frottait pas les mains, enfin la vie revenait et le jour, un jour, se lèverait.

— Dites, si on jouait à un jeu ?

La femme ne bougeait pas, figée au bas de l'escalier, Adrien était retourné s'asseoir dans son fauteuil, leur tournait carrément le dos, encapuchonné jusqu'aux yeux. Le feu mourait dans la cheminée en râlant.

— Ne faites pas attention, il est fou, le bonhomme, pouffait encore Pierre.

Et puis d'un coup, frémissant comme un jeune premier :

— Venez, Cécile, je vous emmène, on s'en va, je vous dis ! On va retrouver ma voiture, on va revenir chez nous !

Plus il parle, plus il s'énerve et se dit qu'il perd du temps, mais c'est plus fort que lui, il faut qu'il conte qu'il doit bien y avoir, sur la route, une empreinte de son trou dans la neige et que sa vieille voiture est juste à côté.

— Allez hop, on va faire un petit tour ! Mais non, ne vous embarrassez pas de votre sac, laissez-le, tenez, là-bas, à côté des sacoches de notre fou... Et puis là, dans cette valise, prenez ce gros chandail, enfilez-le, voilà, c'est bien, il ne faut pas que vous attrapiez froid. Non, ne vous en faites pas, il s'est endormi, il ne nous entend pas, allez hop ! Dehors !

Dehors, le vent, la neige et les éclairs les attendent. Le manoir est comme une tache sans véritables contours derrière eux, assise noir sur noir sur fond de ciel bouché, confondue avec les terres. Pierre et Cécile marchent, ou essaient de marcher, une sandale de plastique rose est restée dans la neige et les pieds sont devenus bleus, d'un bleu pâle et dur. Pierre grelotte dans sa vieille veste de laine grise, il enfonce à chaque pas jusqu'aux mollets, il suffoque, et sa grosse main enveloppe les doigts fins de la femme, mouvants dans sa paume comme une patte de moineau.

Ils marchent et croient avoir marché longtemps. Pierre a cru avoir retrouvé la route bien des fois. Rien que la nuit noire, partout. Parfois le rideau de neige qui s'élève les glace, les pousse dans le dos vers d'autres rafales, et Pierre qui crie d'un coup :

— Que je suis bête ! Pourquoi je lui ai pas volé ses clés à l'autre, on aurait pris sa longue voiture noire et on serait partis ! Allez, on retourne au manoir !

— Je ne peux plus avancer, dit alors Cécile. Je ne peux plus bouger le bas de mon corps.

Elle reste là, dans la neige jusqu'à la taille, ombre parmi les ombres. Son visage, même ses yeux si cristallins il y a cinq minutes à peine, se sont teints d'encre noire.

— Comme ça, madame fait la star, madame veut que je la prenne dans mes bras parce que madame ne veut plus marcher ! Non mais, pour qui vous prenez-vous, jeune fille ? Pour ma sœur jumelle, pour ma fausse grand-mère ?

Les bras maigres sous le chandail s'enroulent autour de son cou. Pierre soulève Cécile, elle est toute légère, elle a perdu ses deux sandales et ses pieds comme sa peau sont du même bleu nuit que ses yeux.

— Bon, on rentre.

Pierre a du mal à marcher, il a placé la femme sur son dos et plonge encore plus en avant qu'à l'aller, à chaque pas, dans la mer de neige visqueuse qui monte jusqu'à ses cuisses, veut s'accrocher à son ventre, collera bientôt à sa gorge parce que, dans peu de temps, ce sera la marée haute.

— Et l'autre, qu'est-ce qu'il fait là-bas tout seul près du feu, hein ? Peut-être qu'il s'est pendu !

— Mais non, Pierre, il ne se serait pas tué sans vous.

C'est la voix éraillée sur son dos qui a lancé ça et elle ajoute :

— Merci Pierre, une fois rentrés au manoir, je vous récompenserai.

À propos de manoir, le voilà qui réapparaît, sorti de la brume des neiges. Il fait envie, le manoir, avec la lumière chaude qu'on devine aux hautes fenêtres et le feu qui doit s'être remis à crépiter joyeusement dans l'âtre en bon feu qu'il est.

— Ça y est, dit doucement Pierre.

Et il dépose doucement Cécile, pousse lentement la grande porte en bois. Il ne pense même plus que son projet était de prendre les clés de la voiture d'Adrien, il n'a même pas pensé à regarder au passage si la longue voiture noire était toujours là. Il s'avance dans la grande salle, tout anxieux, tout mouillé, tout crotté. Il cherche Adrien, il l'appelle, il a froid.

Le fauteuil est vide et le feu est mort.

Le retour

Cécile le voit la première, pointe un index vers la forme grisâtre, allongée au fond de la pièce entre une valise et une sacoche. Les chandelles se sont consumées, fini les traits de lumière droits comme des « i », la cire a glissé le long du bois roux des chandeliers et trace des mares boueuses sur le sol.

— Adrien ! Monsieur Adrien ! crie Pierre.

Adrien n'est pas mort, Adrien ne dort pas. Il se lève, laisse tomber de mauvaise humeur :

— Je travaillais. Je vous l'ai déjà dit, il faut que je m'exerce : un objet, un souvenir, un objet, un seul souvenir, pas deux.

— Oui, c'est vrai, vous me l'avez dit, répond Pierre, et il a un regard attendri pour l'ours Martin qui a du crin aux pattes et pour le miroir et ses trous de perle, sur le sol, sortis des bagages pour les besoins de l'exercice.

— On était allés faire un petit tour, tous les deux, le temps ne s'est pas arrangé…

Il dirait n'importe quoi, Pierre, pour qu'Adrien retourne s'asseoir dans son fauteuil face au sien, que la chaleur revienne, que la petite aux pieds bleus et aux doigts d'oiseau s'en aille, les laisse seuls. Dans le fond, ils étaient bien, tous les deux.

— Regardez, Pierre.

Justement, c'est la petite qui parle. Elle a retiré son chandail, s'avance dans sa robe d'été avec, entre les mains, son sac de satin vert qu'elle est allée chercher sans bruit au fond des ténèbres. Elle ouvre le sac lentement.

— Tenez, c'est pour vous, Pierre.

— Mais… mais c'est l'assiette, mon assiette ! Regardez-moi cet air moqueur de la jeune paysanne, ses petits pieds, les fines moustaches du militaire, la fontaine, la ferme. Tout y est !

Pierre regarde et regarde encore, caresse l'assiette, la vieille porcelaine rugueuse, festonnée sur les bords, un peu ébréchée à gauche, il la serre contre lui, veut prendre Adrien à témoin de son bonheur, mais le manteau blanc lui tourne le dos et ne se retournerait pas pour un empire.

Pierre lit et à mesure qu'il lit, de grosses larmes lui éclatent dans les yeux, embuent ses verres.

— En bas de l'image, c'est écrit :

MON AMOUR EST PUR, Ô MIREILLE !
AH BAH ! TU M'LA FAIS À L'OSEILLE.

Parce que, vous ne le savez peut-être pas, ça représente un officier qui fait la cour à une paysanne sur la place du village, avec sa fontaine, une ferme dans le fond et c'est le soldat qui dit *Mon amour est pur, Ô Mireille !* et c'est la fille qui répond en rigolant *Ah bah ! Tu m'la...*

— C'est ça, c'est exactement ça, dit doucement Cécile.

Pierre n'aurait jamais cru que retrouver un objet perdu pourrait le jeter dans un tel bonheur, qui fait frais et chaud à la fois. Il a envie d'embrasser Cécile et même le visage ravagé d'Adrien.

— Vous vous rendez compte ! Vous allez voir, tout va aller bien maintenant, comme sur des roulettes, on ne va pas mourir, le jour se lève, puisque je vous dis que le jour se lève !

Il est vrai que, pour un peu, on le croirait, que tout est revenu en ordre et qu'on s'en va vers une embellie. En observant bien, on pourrait imaginer un frémissement de clarté dans l'angle des fenêtres, un carré d'aurore accroché dans les poils du manteau de fourrure hérissée, un rayon qui caresse mine de rien une ou deux valises dans le fond. Et puis surtout, le feu s'est remis à lancer ses couleurs bien haut dans la cheminée en chantant comme le bon feu joyeux qu'il est redevenu.

Pierre s'est assis dans son fauteuil, serrant l'assiette contre sa veste grise. Il se verse un verre de fin cognac. Et il va siffloter, ses lèvres s'arrondissent, le sifflotement commence, s'élève, s'enhardit.

— Ça suffit. Qu'est-ce que vous croyez ?

C'est Adrien qui a crié, debout, dressé entre ses bagages.

— Hé, mais vous avez retiré votre manteau !

Adrien est confondu avec le noir, son manteau roulé autour des hanches, il a l'air d'un chien mouillé. Cécile est revenue là où elle est apparue, au bas de l'escalier, elle aussi perdue dans le noir du noir.

— Moi, commence Adrien, un jour j'ai perdu un chat. J'étais enfant alors et le poids des souvenirs ne pesait pas encore comme aujourd'hui, tout était au commencement et il n'y avait que des premières, vous comprenez, les premières traces, pas encore d'accumulations, des sillons légers qui ne pesaient pas trop, n'apportaient pas trop de souffrance, ne faisaient pas encore trop pencher la tête.

— Oui, et alors ? questionne Pierre, de mauvaise humeur. Vraiment, ce bonhomme n'a qu'un but dans la vie, casser la joie des autres !

— Un jour, j'ai perdu un chat, j'ai eu beaucoup de chagrin.

— Vous, du chagrin ? rigole Pierre.

— J'ai compris alors, poursuit Adrien, et sa voix est grave, un tantinet méprisante, j'ai compris que tout est question d'habitudes. Le chagrin de la mort, de l'absence, ce n'est que le souvenir d'habitudes qui s'accrochent, et puis les habitudes se perdent et le chagrin disparaît. Au bout de deux semaines où je ne voyais plus mon chat, où j'avais appris à ne plus le voir en me levant, au détour d'un corridor ou d'un coin de jardin, je n'avais plus mal. J'avais tout simplement perdu l'habitude de le voir. Il en va de même avec ceux que nous croyons le plus aimer, pour qui nous nous imaginons que nous pourrions donner notre vie. Ils disparaissent et la blessure s'efface, d'autres habitudes prennent la place, se dépêchent de s'engouffrer dans le vide laissé par l'absence, et le jeu recommence. Jusqu'à ce que tout meure dans votre tête et ailleurs, les habitudes comme le reste, et bascule dans la nuit noire.

— Eh bien, on peut dire que vous êtes de plus en plus comique, vous !

Comme à l'habitude, Pierre veut rire, siffler, dire bien haut son bel optimisme.

— Et vous, Madame Cécile, qu'est-ce que vous en dites ?

Bien sûr, elle ne répond pas, la femme oiseau, immobile au bas des marches, elle a l'air d'une poupée désarticulée, une automate qu'il faudrait remonter.

— Madame Cécile, vous croyez que le jour se lèvera bientôt ?

La jeune femme ne répond pas davantage. Et Adrien se met tout d'un coup à rire très fort, promet de conter une nouvelle histoire, la dernière mais non la moindre, ajoute-t-il, parce que le plus beau, le plus terrible reste à venir. Pour l'instant, ils s'amusent, cabotinent, se contorsionnent, ils ne savent pas que bientôt, ce sera autre chose, que le vrai spectacle va commencer, et Adrien rit encore et son rire fait mal.

Le fin cognac s'est changé en migraine et le feu s'est remis à agoniser.

Samedi, 6 h

Les voilà tous en détresse. Pourquoi, aussi, cette idée de s'enfuir du manoir en pleine tempête ? Sacré Pierre, avec ses sifflotements, sa face rondouillarde, son obstination à rigoler, à ne rien se rappeler pour mieux glisser sur ses moments… Petit Pierre, il doit savoir maintenant que rien de bon ne l'attend.

Bientôt, elle ne souffrira plus. Fini, les hauts et les bas, la souffrance qui surchauffe, puis a l'air de baisser pavillon pour mieux se redresser le moment d'après, lui clouer les jambes et les mains, et puis hop ! c'est reparti, on croit que ça va aller mieux, on sourit, on dit « ça va, merci », et ça redégringole de plus belle. Fini, tout ça. Tous les personnages sont en place. Bientôt, la fin de l'histoire.

L'Autre doit sourire dans son coin, toute morte qu'elle est. Peut-être que cette histoire lui plaît, ce serait bien la première fois qu'une de ses histoires lui plairait, à l'Autre. Il faut dire que l'histoire de cette nuit, contrairement aux dizaines de méchants petits récits qu'elle a imaginés durant toute sa vie, va bien finir. Enfin, dans un certain sens. Et c'est bien ainsi, c'est ce qu'on doit appeler mourir en paix. Dans un certain sens.

Elles auraient dû s'écrire plus souvent, en tout cas plus d'une fois par année comme elles le faisaient, pour Noël. Elles auraient dû faire le voyage pour se rencontrer, se voir grandir puis vieillir. Il faut dire, à sa décharge, que l'Autre était morte d'un coup, au lieu de continuer de vieillir doucement jusqu'à la fin, comme le font les gens sensés. Elle n'était pas allée voir l'Autre à sa mort. Trop tard. Et voilà que cette nuit, elle a l'impression d'être couchée à côté d'un réservoir d'air froid et acide, avec, en plein dans les narines, une odeur plutôt désagréable de regret.

La neige bat les vitres comme si elle voulait entrer. On n'a jamais vu une neige ressembler autant à une averse de pluie ni une tempête de neige autant à un orage. De temps en temps, un éclair bleuit le rideau blanc et des grondements viennent râler autour des flocons qui laissent échapper des fleurs de cristal.

Elle se dit que la météo n'avait pas prévu ce temps bizarre. On a dû le faire exprès d'annoncer à la place du beau temps, sinon les gens ne seraient pas sortis de chez eux, n'auraient pas quitté la ville. C'est toujours ainsi. La météo est toujours trop optimiste au début d'un long week-end.

Les tristes fins d'un vieux pianiste et d'une vieille assiette

Pierre avait peur. Plus peur que jamais depuis qu'il était revenu dans le fichu manoir.

— Arrêtez toutes vos histoires ! Vous n'avez pas d'aspirine ? Vous vous trimballez avec des tonnes de bagages et vous n'emportez même pas une aspirine !

En fait, Pierre parlait pour ne rien dire, pour ne pas penser qu'Adrien avait une urgence. Et comme, dans la tête du fou, qui disait urgence disait tuer et comme Cécile avait disparu et qu'il ne restait que lui, il était évident qu'Adrien déciderait bientôt de passer à l'attaque contre sa personne. Parce que même si le bonhomme avait déjà réussi à lui fourguer quelques souvenirs, il restait bien assez de place, dans la tête pleine de vent de Pierre, pour un ours en peluche et un miroir avec des perles. Et voilà, c'est comme ça que l'histoire allait finir, tel allait être le triste sort de la première vraie victime de l'assassin de pacotille.

— Et la femme oiseau, où est-elle donc partie ?

— Ne vous inquiétez pas, elle va revenir, elle n'est pas partie loin.

Pierre n'aimait pas les traits bizarres qui venaient zébrer les yeux d'un noir lisse comme du goudron.

Il osa quand même s'approcher. Adrien était recroquevillé dans son fauteuil, la tête et le capuchon de travers, le regard halluciné.

— Allez, détendez-vous. Retirez donc votre manteau et…

Pierre pensa alors à ce qu'Adrien avait raconté. Il retirait rarement sa pelisse malodorante, seulement pour dormir et pour achever ses victimes. Pierre étouffa un petit cri et eut un gros frisson. La preuve, en tout cas, qu'il ne se trompait pas, qu'il s'agissait bien d'une urgence, Adrien obéissait, ouvrait et laissait tomber son manteau et le capuchon avec. En dessous, il n'y avait qu'ombre et poussière.

— Bon, écoutez, on ne va pas se mettre dans des états pareils pour rien, vous vouliez raconter un autre de vos meurtres de pacotille, vous savez, quand vous avez tué un vieux pianiste. Je vous écoute, mon vieux !

Tout pour qu'il ne pense pas à une nouvelle urgence, se disait Pierre. Et il continuait de chercher des yeux Cécile comme si la présence de la petite bonne femme aurait pu y changer quelque chose.

— Je ne me souviens plus, il y a un moment, je me souvenais de tout, absolument tout, mais maintenant, je…

— Hé, voyons, Monsieur Adrien, moi, je me souviens, vous vous êtes mis tout d'un coup à rire très fort, vous avez promis de conter une autre histoire, la dernière mais non la moindre parce que le plus beau, le plus terrible reste à venir. Et vous avez ajouté que, pour l'instant, on s'amuse, on cabotine, on se contorsionne, on ne sait pas que bientôt, ce sera autre chose, que le vrai spectacle va commencer, et vous avez ri encore et votre rire faisait mal.

Et Pierre ajoute devant l'air égaré d'Adrien :

— Vous voulez que je vous aide ? Je suis sûr que ça va vous revenir, peut-être si on partait de l'avant-dernier que vous avez tué, le quatrième, l'artiste peintre, il s'agissait bien d'un artiste peintre, n'est-ce pas ?

— Je ne sais pas, je ne sais plus.

— Bon, je vais vous raconter comment ça s'est passé. Votre artiste peintre, il venait juste d'achever son tableau et...

— Qui vous parle de tableau ? C'était un pianiste.

— Moi, ce que j'en dis, c'est pour vous aider. Ne faites pas cette tête-là, celui-là, je suis sûr que vous l'avez supprimé comme vous avez tué l'artiste peintre et avant, la mère de famille, le vieillard sourd, la prostituée et l'homme à la cervelle d'or.

— Vous n'avez jamais cru que j'avais tué l'homme à la cervelle d'or et puis, alors, si j'ai tué l'homme à la cervelle d'or, en tout, je n'aurai pas fait cinq victimes mais six.

— Bien ! Vous voyez que la mémoire vous revient. Je vous écoute, mon petit vieux !

Pierre reprenait décidément du poil de la bête. Il dominait même la situation. Un vrai pacha, tout à coup, assis dans son fauteuil, les jambes écartées, le verre à la main, sa vieille veste grise bâillant avec désinvolture de chaque côté de son ventre dodu.

— Mais non, gémit Adrien, celui-là, je ne l'ai pas tué, enfin pas tué vraiment, comme les autres.

— Écoutez, il faudrait savoir ! Et de qui parlez-vous d'abord ? De l'homme à la cervelle d'or ou du vieux pianiste ? Et puis ça suffit, je vous écoute maintenant mais je ne vous écouterai pas toute la nuit, j'ai autre chose à faire dans la vie !

— Le vieux pianiste habitait exactement à mi-chemin de chez vous et de chez moi, entre la rue de l'Église et la rue de l'Hôpital, commença Adrien. Il jouait du piano, bien sûr. C'était la nuit, alors il ne jouait pas fort pour ne pas déranger les voisins. Je suis entré, c'était tout petit chez lui, une seule pièce mangée par un long piano noir. Il ne m'a pas dit qu'il m'attendait, mais c'était tout comme. Je lui ai expliqué mon problème. Il m'écoutait en continuant à jouer doucement et il m'a dit, en faisant ses gammes, qu'il comprenait mon trop-plein de souvenirs, qu'il était d'accord avec le fait que ça ne devait pas être agréable parce qu'il avait lui aussi sa récolte de bons et mauvais souvenirs, et il a conclu qu'il aurait voulu m'aider, mais qu'il ne pouvait malheureusement plus rien emmagasiner de neuf dans sa tête pleine de notes.

Je lui expliquai que je pouvais échanger quelques pages de partitions contre les souvenirs d'un ours en peluche galeux et d'un miroir avec des perles qui manquaient. Il me dit que les notes ne se trouvaient plus sur les partitions depuis belle lurette, qu'elles étaient fichées dans son cerveau, se mettaient à jouer toutes seules et que c'était pour cette raison qu'il ne faisait plus que des gammes et toujours les mêmes pour ne pas réveiller les ribambelles de notes dans sa tête, surtout la nuit car elles auraient été capables de vouloir quand même se faire entendre et de réveiller ainsi les voisins.

Celui-là, voyez-vous, Pierre, je l'ai tué sans rien lui fourguer de plus dans la cervelle. Par pitié.

— Excusez-moi, je vous dérange ?

— Ah, vous voilà, vous ? Où étiez-vous donc passée ?

Pierre se retourne brutalement sur la femme aux yeux d'eau, rejaillie au bas de l'escalier. Il a envie de la secouer très fort pour lui faire comprendre combien il avait eu peur qu'elle les ait abandonnés, qu'elle soit partie comme ça, sans un au revoir, avec ses pieds nus et son sac de satin vert.

— Mon assiette ! Redonnez-moi mon assiette !

Cécile ne bouge pas d'un poil, on dirait qu'elle serre encore plus frénétiquement qu'à l'habitude le sac contre sa poitrine creuse. Et Pierre qui continue de crier :

— Vous, Adrien, arrêtez de jouer au fou ! On va s'en aller tous les trois, ce sera bientôt le matin. Et puis vous avez pensé à votre père, tout seul dans votre appartement ? Il doit avoir besoin de vous !

Adrien n'entend pas Pierre, il a remis son manteau sans se presser, est allé chercher une valise au fond de la salle, la pose avec précaution devant le feu mort.

— Il n'a plus de père depuis longtemps, Adrien, laisse tomber Cécile. D'ailleurs, vous le savez fort bien, Pierre, vous étiez aux premières loges, si on peut dire. Allez, faites un effort. Je sais que vous ne l'avez pas vu longtemps, ce petit père-là, mais enfin, même si bien des années ont passé depuis, essayez donc de vous souvenir. Cessez donc de prendre cet air ahuri et creusez-vous la cervelle, ça vous changera.

Pierre ouvre grands les yeux et la bouche et, d'un coup, crie presque joyeusement :

— Mais c'est vrai, que je suis bête ! Même qu'ils me l'avaient apporté, le bonhomme de père. Normal puisqu'il habitait le même quartier que moi et que mon salon funéraire. Bien sûr, je me rappelle maintenant. Je me suis même dit qu'il avait l'air vraiment jeune pour un père mort. Et puis vous voulez savoir dans quelle catégorie je l'ai classé, notre petit papa, à la fin de ma dernière évaluation globale ?

— Il ne rentrait dans aucune de vos catégories imbéciles, râle Adrien qui ouvre la valise, extirpe une liasse de photos qu'il jette d'un geste lent, un peu théâtral, dans la cheminée.

— C'est vous le plus fou dans l'histoire, rit encore Pierre. Bien sûr que je l'ai classé dans « horreur totale, complète, absolue au bout d'une vie courte et plate sans saveur spéciale », comme tous les autres ! Et puis arrêtez-moi ça, vous ne ferez rien brûler de tout votre fatras, vous voyez bien que le feu ne flambe plus !

— Le feu est mort, dit la voix éraillée. Comme nous tous, bientôt.

— Vous, ça suffit ! D'abord, donnez-moi mon assiette !

Pierre s'est lancé, tête en avant, sur la petite, et mal lui en prend. Il veut prendre le sac de satin vert, y arrive, puis naturellement, le serre fort contre lui et ses gros doigts tentent de retrouver les festons des bords de porcelaine à travers le satin.

— Hé, mais vous l'avez cassée, mon assiette !

Il ouvre vite le sac, compte les morceaux. Certains sont assez gros, d'autres si minuscules qu'ils sont en miettes au fond, confondus avec la couture du tissu.

— Je n'aurais jamais pensé, grelotte Pierre. J'étais bien mieux avant, quand je voyageais léger. Maintenant, je sens que je ne pourrai pas repartir sans ces débris-là.

Il y a un silence. Ni Adrien ni Cécile ne bougent, figés dans une même pose d'enfant à la fois têtu et repentant qui a fait une grosse bêtise.

— Je vous l'avais dit, de prendre soin de vos choses, grommelle Adrien en jetant une liasse de vieux papiers dans le feu éteint.

Et Cécile :

— C'est dommage, moi aussi, je l'aimais beaucoup, cette assiette.

— Attendez, il faut la recoller, c'est tout !

Pierre court dans tous les sens, tout heureux de son idée.

— Vous devez bien avoir de la colle dans votre bric-à-brac...

Il fouille déjà dans les sacs à dos, les sacoches, les valises, même dans la cabossée qui pourtant, ne peut évidemment contenir qu'un tableau à musique bosselé, va jusqu'à examiner les trous de perle du miroir, écarte les brins de crin dru de l'ours Martin. Rien, pas de tube ni de pot de colle.

Les deux autres le regardent. Il y a un vrai chagrin dans les yeux d'encre de l'homme et les yeux de lac indigo de la petite.

Alors Pierre laisse tomber son gros derrière sur le sol, entre trois livres à la couverture rouge et à la tranche dorée, quatre pères Noël de frigidaire et un châle de laine angora.

Le départ

Pierre a dit doucement:

— Vous allez pouvoir crever en paix, mon cher Adrien, je suis en train de prendre tous vos souvenirs.

— Ce n'est pas grave, Pierre, tranche Cécile. Ce n'est pas grave parce que, de toute façon, vous allez crever ensemble, à la même minute, au même millionième de seconde, c'est obligatoire.

— Pas avant que je vous aie raconté encore une histoire.

C'est Adrien, le peu loquace Adrien, qui veut parler. Et il conte, accroupi devant la cheminée, ses mains gantées triturant les cendres glacées :

— La plus grande supercherie dans tout ça, c'est l'amour. Croire qu'on ne peut pas vivre sans quelqu'un d'autre. On nous gave avec ça depuis qu'on est tout petits, on nous le répète encore et encore, alors forcément, nous, on y croit encore et encore, on s'entête comme des abrutis et on meurt sans avoir vraiment rien trouvé. Moi, j'avais un chat, j'aimais un chat. Un jour, j'ai perdu ce chat.

— Oui, vous l'avez déjà raconté, mais vous avez dit aussi que vous étiez petit à l'époque. Des chagrins de petit, tout le monde en a eu dans la vie, même moi. Tenez, aujourd'hui, quand je repense à ma fausse grand-mère et à son haut chignon gris. Parce qu'elle avait de longs cheveux gris, ma fausse grand-mère, et, les soirs où je dormais chez elle, je les voyais bien, ses longs cheveux gris, du grand lit où je couchais, quand elle les dénouait, les lissait lentement avec sa brosse à dos d'argent dans l'air qui sentait encore bon les petits bateaux et les steaks. Alors, montait en moi un chagrin incompréhensible, comme un trop-plein de bonheur, qui serrait et qui serre toujours mon cœur d'enfant. Allez, je pourrais vous en donner pas un mais dix, cent, de méchants petits souvenirs comme ça !

Adrien n'écoute pas Pierre, il continue de fouiller les cendres et de parler. Son capuchon rejeté en arrière découvre ses cheveux noirs mi-longs gras et luisants.

— Tout le monde s'entête à croire à l'amour. Moi, j'ai aimé un chat et je l'ai oublié. Vous vous rendez compte, je l'ai oublié ! C'est peut-être pour ça que, dès le début et puis après, la vie a passé sans plus rien me demander.

— Eh bien, ricane Pierre, pour quelqu'un qui disait se souvenir de tout ! Et le vieux nounours et vos cent trois souvenirs, hein ? Encore des histoires, tout ça !

Adrien ne répond pas tout de suite. Il se lève, déplie lentement sa longue carcasse, on dirait qu'il prend son temps. Il semble tellement fatigué aussi, il a l'air d'un vieillard épuisé, squelette fragile sous le manteau blanc.

— Vous ne comprenez pas, Pierre, mes souvenirs, mes choses que je trimballais partout, mes fameuses urgences, il me fallait inventer tout ce bric-à-brac pour remplir ce vide-là. Car je n'ai jamais voulu sortir, faire enfin, un jour, le voyage. J'ai fermé les portes et j'ai attendu.

— Oui, je sais, vous l'avez déjà raconté, le vide vertigineux, les habitudes, la vie plate et l'eau qui se réengouffre dans le vide, qui noie le tout dans l'oubli. Et on continue d'avancer encore et encore, et les souvenirs d'hier sont aussi pâles que les moments à vivre. Pourtant, moi, il n'y a pas si longtemps, je m'y connaissais en moments, je savais si bien glisser d'un moment à un autre. Vous avez tout gâché, mais le plus étrange, c'est que je ne vous en veux pas, je dirais même que…

Adrien, de son côté, s'énerve, ouvre brutalement une autre valise.

— Je vais les brûler, tous les brûler, le miroir, l'ours Martin, les photos, le châle et le chat, le chat aussi ! Partir, la tête vide.

— Eh bien, vous êtes sur le bon chemin, lance la petite femme. La preuve, vous aviez bel et bien oublié que votre père était mort il y a quand même pas mal d'années. Vous devriez être content, vous allez pouvoir sortir, ouvrir les portes, faire le voyage. Vous n'aurez plus de migraines, votre tête ne vous pèsera plus, Adrien, c'est Pierre qui a tout pris maintenant.

— La belle affaire, dit Adrien, je n'en profiterai pas longtemps puisqu'on va crever ensemble, à la même minute, au même millionième de seconde, c'est obligatoire.

— Ça, c'est vrai, reconnaît la petite.

Pierre s'avance vers Cécile.

— Et vous ? Vous aussi vous allez crever avec nous, tous ensemble, à la même minute, au même millionième de seconde, c'est obligatoire ?

— Non.

C'est idiot comme Pierre a envie de serrer dans ses bras la petite chose, il en oublie que, dans le fond, c'est à cause d'elle que l'assiette s'est cassée, parce que la petite la serrait trop fort contre elle. Adrien ne bouge pas, toujours accroupi devant son feu éteint.

— Alors, murmure Pierre, il y a de l'espoir ?

— J'avais un chat, j'aimais un chat, râle l'autre.

— Oh ! vous, taisez-vous.

Puis, se tournant vers Cécile, plongeant dans ses yeux de lumière, Pierre répète :

— Alors, il y a de l'espoir ?

Cécile ne répond pas. Elle se dirige vers la porte avec des pas dansants, ses pieds nus ont l'air de flotter au-dessus du sol et ses pattes sans mollets ni chevilles sont souples comme des lianes.

— Regardez.

Elle ouvre la lourde porte. La lumière blanche jaillit. Il n'y a plus de neige, plus de pluie, de tempête ni d'orage.

— Le jour se lève, dit Pierre, et il n'ose plus bouger, ébloui par le formidable carré bruissant.

Dans ce carré-là, il y a, en haut, peint à gros coups de pinceau, un ciel ivoire et, presque au milieu dans le ciel ivoire, un généreux morceau de bleu ponctué de nuages joyeux en ouate. Sous ce ciel, de chaque côté, les rondeurs de très hauts arbres, avec les ombres de la nuit qui fuient le long des troncs, descendent à toute vitesse pour s'enfouir dans la terre, et au milieu, entre les lignées d'arbres, une route droite, qui a l'air fraîche et accueillante à perte de vue. Le tout, agité juste ce qu'il faut par une brise accommodante. Il n'y a pas la longue voiture noire d'Adrien dans ce carré-là et Pierre se dit qu'elle a sans doute décidé de reprendre toute seule le chemin de la ville aux premières lueurs, heureuse d'en finir avec cette histoire de fous.

— Nous allons partir, dit Cécile qui a pris décidément la direction des opérations. Adrien, il est entendu que vous partez sans aucun bagage.

Adrien obéit sans broncher, boutonne lentement son manteau blanc, rabat le capuchon sur ses cheveux huileux et se dirige vers la porte. Ses yeux d'ombre sont à demi fermés et, au bout de ses longs bras, pendent ses mains gantées et vides.

— On ne peut pas laisser mon assiette, quand même !

Pierre se précipite vers le fond de la salle, saisit le sac de satin vert, hésite, il voudrait prendre aussi le miroir, des photos, le châle et l'ours Martin. Là-bas, près de la porte et du carré qui bruit, Cécile le regarde, lui fait non de la tête en souriant tranquillement, comme une maman certaine de son bon droit de refuser quelque chose à son enfant.

— Alors au moins les pères Noël, seulement quelques pères Noël, parce que je ne vous ai pas raconté… j'en faisais collection, je courais toute la ville pour en trouver, parce que je vous ai pas dit, ça se trouve pas facilement, les pères Noël avec des aimants derrière, que vous accrochez à votre réfrigérateur et qui y restent, pas seulement à Noël mais toute l'année. Bien sûr, des fois, ils tombent et se cassent, parce qu'ils sont fragiles, c'est peut-être pour cette raison que je les aime, pour leur fragilité et leur sourire et leur gaîté de bon papa et… mais c'est vrai ce que je vous dis, des fois, on a beau faire attention, ils tombent sur le carrelage et hop, ils se cassent et il faut les recoller, il faut toujours tout recoller… Tenez, non mais attendez, je vous ai pas raconté, il y en a aussi qui perdent leurs aimants, alors il faut…

— Ça suffit, interrompt la voix sévère de Cécile. Ce qui vaut pour Adrien vaut aussi pour vous. Vous partez sans aucun bagage.

— Seulement deux ou trois pères Noël… murmure Pierre.

Il se redresse, le sac de satin vert dans une main, trois pères Noël dans l'autre, et face à la lumière et dans la brise, il siffle plus haut et clair qu'il n'a jamais sifflé.

Samedi, 8 h

Elle les entendait de l'autre côté de la porte, dans le couloir. Elle les voyait sans les voir.

— Vous comprenez docteur, disait la petite, c'est le début d'un long week-end. Samedi, dimanche, lundi…

Elle comptait sur ses doigts d'oiseau.

— Ça fera trois jours où elle n'aura aucune visite et puis, je ne sais même pas si je pourrai revenir mardi. On avait prévu une semaine de vacances en famille, mon mari et moi, avec les enfants, en profitant du lundi férié. On travaille tellement, docteur, on a bien droit à une pause de temps en temps.

Et le médecin répondait en hochant lentement sa longue tête sinistre :

— Je comprends. C'est une drôle de personne, votre tante. Quand je l'interroge, elle me dit avec un sourire qu'elle ne souffre pas, mais je sais qu'elle souffre beaucoup.

— Elle a toujours été bizarre. Des fois, elle aimait rire, sourire, même siffloter et à d'autres moments, elle pouvait être dure, presque méchante. En fait, c'était une femme plutôt secrète, très solitaire aussi.

— Vous dites qu'à la fin, elle ne voyait plus personne ?

— Jamais.

— Et sa famille ?

— Elle n'a plus que moi. Ses parents sont morts jeunes tous les deux, dans un accident de voiture. Elle n'a pas connu longtemps sa mère ni son père, elle ne devait pas avoir tout à fait huit ans quand ils ont disparu, mais je pense que c'est de sa mère qu'elle tenait son incroyable imagination. Bref, elle avait une sœur jumelle. Cette sœur jumelle était ma mère. À la mort des parents, je ne sais pas trop pourquoi, on a séparé les jumelles. Ma tante a été confiée à une vieille dame qui connaissait bien la famille. Ma mère, elle, a été élevée par une parente à l'autre bout du pays, et puis elle a rencontré mon père et puis elle est morte brusquement d'une congestion cérébrale il y a quinze ans. C'est à ce moment-là que j'ai commencé à renouer avec ma tante que je connaissais uniquement par les cartes qu'on s'envoyait à Noël, et je suis devenue sa seule famille. Vous me suivez ?

Le médecin chef du service des soins palliatifs hochait de nouveau la tête. On n'aurait pu deviner si, tel qu'il apparaissait, avec son visage fermé, ses poings au fond des poches de sa blouse blanche, il s'intéressait ou non à cette histoire d'oiseaux migrateurs.

— Et donc, reprenait la petite, une fois ses parents morts et sa jumelle partie, ma tante a été élevée par cette vieille dame, c'est chez cette fausse grand-mère qu'elle a passé le plus clair de son enfance et de sa jeunesse. Après, elle a eu une vie assez solitaire, je dirais plutôt plate. Même chose pour ma mère. Sauf qu'à la différence de ma tante, elle avait vraiment un fichu caractère, ma mère, c'est à cause de ça que mon père a demandé le divorce si vite et je ne lui en ai jamais voulu. Vous savez, docteur, je me demande si ma mère a souri deux fois dans sa vie, si elle a aimé quelqu'un. Je pense qu'elle a aimé son vieux chat plus que moi. Bien sûr, c'est du passé mais j'aurais tellement souhaité que ma mère et ma tante se revoient. C'était comme si elles ne se pardonnaient pas d'avoir été séparées à la mort de leurs parents. Ma mère avait décidé de couper les ponts, ma tante aussi. Ni l'une ni l'autre n'a voulu faire le voyage d'un bout à l'autre du pays. Ma mère est morte toute seule, et maintenant c'est au tour de ma tante. Pourtant, je suis sûre qu'elles s'aimaient. Bien sûr, elles avaient beau être jumelles, elles avaient des caractères différents. Autant ma mère a toujours été renfermée, boudeuse, autant ma tante...

— Vous dites que, des fois, elle aimait rire, votre tante ? J'aurais aimé mieux la connaître pour mieux l'accompagner. On m'apporte souvent les malades trop tard, fermés sur eux-mêmes comme une huître, il n'y a plus de dialogue possible tellement l'horreur est totale.

— Oui, des fois, elle riait très fort, elle avait l'air de s'amuser de tout, d'autres fois, surtout à la fin, elle ne voulait plus voir personne et s'enfermait dans son appartement.

— A-t-elle peur de la mort, selon vous ?

— Oui.

Elle n'avait pas besoin de les voir pour les entendre. Ils chuchotaient de l'autre côté de la porte, dans le corridor de lumières, ils compatissaient et c'était très bien ainsi. Bientôt, ils prendraient la décision.

En attendant, un jour sale avait levé le bout de son nez. La chambre baignait dans une clarté uniforme sans aucun intérêt. Elle sourit puisque c'était, encore une fois, la seule chose qu'elle pouvait faire avec son corps de douleurs. À croire qu'elle regrettait la nuit noire. « Ne t'en fais pas, ma chérie, tu vas bientôt y retomber », murmura-t-elle tout bas, si bas qu'elle n'était pas sûre que ses lèvres racornies sous la couche pâteuse qui les collait l'une à l'autre, aient réellement bougé.

C'est à ce moment que la porte s'ouvre.

— Ça va ?

Mais en ce début de matin pâlot d'octobre, l'infirmier de nuit ne se contente pas d'ouvrir la porte, de dire « Ça va ? » et de refermer la porte. Il avance, comme s'il était chez lui, s'approche tout près, c'est tout juste s'il ne s'assied pas carrément sur le lit. Il la regarde de ses bons gros yeux de saint-bernard, son pantalon et son sarrau blancs se confondant avec la pâleur de l'air. Il doit savoir qu'elle ne peut plus guère parler, que ses mains qui pendent de chaque côté du lit ne peuvent pas faire autrement.

— J'étais seulement venu vous dire un petit bonjour, ou plutôt un petit au revoir.

Il ne la quitte pas des yeux, la tête légèrement inclinée de côté, comme s'il la jaugeait, soupesant le pour et le contre. Elle se dit que ça doit ressembler à ça, une dernière évaluation globale. Et elle sourit.

— Vous souriez souvent, vous, c'est bien de toujours garder le moral.

Doucement, il se penche en avant et doucement, il saisit une de ses mains, la pose sur le lit, bien à plat le long du torse maigre. Puis il fait le tour du lit, avec la même douceur et fait la même chose avec l'autre main.

— C'est mieux ainsi. Allez, vous me faites un autre sourire ?

Bien sûr qu'elle sourit. Et il répète :

— C'est mieux ainsi. Je dois partir à présent. J'essaierai de revenir avant la fin de mon quart de travail.

Elle sourit encore.

— Alors, docteur, vous pensez que…

— Je pense que ce sera mieux ainsi.

Le médecin chef est triste à mourir et la petite doit pleurer à gros sanglots. Elle a toujours pleuré bruyamment. Il faut dire aussi qu'elle aimait bien sa tante, même si elle la trouvait bizarre.

Et elle, la tante, n'avait pas donné beaucoup d'affection à la petite, parce qu'elle ne savait pas en donner. L'amour est une supercherie, aucun moment ne vaut la peine qu'on s'en souvienne. C'est pourtant si tentant d'aimer la vie, les couleurs, les lumières de Noël, la chaleur odorante d'un fin cognac. Glisser d'instant en instant, comme de nuage en nuage, elle y arrivait quand même dans le temps et alors elle sifflotait bien haut ou riait très fort.

— Docteur, je ne voudrais pas qu'on pense... ni avoir à me reprocher… Je l'aimais, ma tante. C'est peut-être la faute à ce long week-end, je n'aurais pas dû faire des projets avec mon mari et les enfants, j'aurais dû penser…

— Non, ce n'est pas la faute du long week-end ni votre faute non plus.

— C'est la faute de la maladie ?

Elle reprenait espoir qu'on lui pardonne, tordait ses doigts dans tous les sens, et ses yeux n'étaient qu'eau claire encore plus que d'habitude.

— Non, c'est la faute à la vie, dit le médecin sans retirer les poings de ses poches. Parce qu'il y a la mort tout au bout.

Bon, se dit-elle, ils ont arrêté de parler. C'est vrai qu'il n'y a rien à ajouter à cette dernière réplique. Et elle jugea que c'était une bonne scène, à un ou deux chapitres de la fin.

L'hôpital remuait maintenant de partout. Dans la chambre, la lumière fade ne s'était pas irisée de couleurs pour autant. Elle pensa que c'était normal. Les couleurs se réservaient pour les vivants.

Plein soleil

Eux, sur la route, et cette lumière irréelle tout autour, d'un or intense qui confondait terres, fossés cuivrés, arbres rabougris patinés sur les bords et ciel dans un éblouissement lourd, qui suffoquait.

— Ce jour n'est pas un vrai jour et ce paysage ne ressemble à rien, même pas de maisons, rien du tout qui vive vraiment à perte de vue, répétait Pierre pour la dixième fois. D'abord, un vrai jour commence d'abord par un matin pâlot, il n'est pas fort tout de suite comme celui-là !

Cécile ne répondait pas, continuait de trottiner à ses côtés, ses pieds nus tapaient le sol de terre battue et faisaient virevolter la poussière dans l'air jaune. Adrien avait disparu, sans un mot comme d'habitude.

— Il a dû se dépêcher de courir après sa voiture, le bonhomme, marmonnait Pierre. Celui-là, si je le retrouve un jour en ville et que j'ai à faire sa dernière évaluation globale, je vous jure que je ne vais pas le rater !

Pierre s'exclamait, pestait, ronchonnait, son visage était devenu très rouge et un souffle brûlant sortait de sa vieille veste de laine grise. Ses poings tremblaient au bout de ses bras ballants, avec, agrippés aux doigts cramoisis, d'un côté le sac de satin vert et, de l'autre, trois pères Noël faits en Chine.

— Ce que je ne comprends pas, disait-il aussi pour la dixième fois, c'est que cette route-là, elle paraissait toute droite quand je l'ai vue dans le carré bruissant, mais en fait, elle n'arrête pas de monter et de descendre ! Non mais quelle nuit quand même, répétait-il. Moi qui étais parti pour aller faire un petit tour ! Ce manoir, vous avez vu ce manoir ? Mais tout ça est fini, bien fini.

Et la petite répondait doucement en écho, en continuant de trottiner :

— Oui, bien fini.

Ils n'avaient croisé personne depuis leur départ du manoir. Depuis combien de temps marchaient-ils ? Pierre ne s'était même pas demandé s'ils allaient dans la bonne direction. Et puis, il y avait la fatigue, une douleur qui montait le long de ses membres, gagnait peu à peu le torse, la poitrine râlante.

Une nouvelle côte s'annonçait, pire que la précédente, et la descente serait sûrement pire elle aussi. Car la route n'arrêtait pas de vallonner, de dessiner ses creux et bosses dans l'air étouffant.

— On devrait s'arrêter un peu.

Il se tournait vers Cécile, qui le regardait en plissant ses yeux de lac dans les grains de poussière d'or. Et encore une fois, il eut envie de la serrer contre lui.

— Je sais ce qu'on va faire, tu vas venir avec moi, vivre dans mon petit appartement. Tu vas voir, on va bientôt retrouver ma voiture sur la route, pas loin de mon trou de neige… Alors, tu vas monter dans mon auto, je vais te conduire chez moi, rue de l'Église, mon appartement est très beau…

Pierre s'énervait.

— On donnera des fêtes, tu verras, chez moi, c'est toujours la fête… Pourquoi tu me regardes comme ça ? Je ne suis pas fou tout de même, d'abord c'est moi qui avais raison quand je vous disais que le jour allait finir par se lever ! Alors, il s'est levé, le jour, oui ou non ?

Elle sourit.

— N'empêche que je me demande pourquoi l'Adrien m'a parlé au féminin, parce que je ne suis pas sourd, j'ai remarqué !

Et puis, sans espérer avoir de réponse :

— On est bien ici, tu ne trouves pas ?

— Oui, on est bien.

Alors c'est lui qui sourit. Il avait raison de toujours espérer dans la vie. La preuve, après les centaines de montagnes russes, la plaine était venue, plate à souhait avec ses clairières de part et d'autre de la route, comme des aménagements de gazon coupés en cercles accueillants, entourés par des arbres ondulant dans le vent léger. Bien sûr, Pierre avait vite obliqué vers une de ces oasis, il s'y prélassait maintenant, couché dans l'herbe, s'inventait un ciel tout bleu même si la lumière, elle, n'avait pas changé et déversait un jaune un peu moins éblouissant, mais tout aussi désespérant.

Cécile s'était assise dans l'herbe, elle ne s'était pas couchée, gardait la tête penchée, les yeux et le front plissés, on aurait dit qu'elle réfléchissait puissamment.

Et tout à coup, elle dit :

— Je comprends, moi, pourquoi Adrien vous a parlé au féminin.

— Ah ? Eh bien, je t'écoute !

Pierre rigolait doucement, il était heureux, pour un peu il aurait croisé haut les jambes et mâchouillé un brin d'herbe.

— Eh bien, c'est simple, commença Cécile. Il vous a pris pour votre sœur jumelle.

— Oui, sans doute.

Il aurait quand même voulu ajouter quelque chose, préciser par exemple qu'il ne pouvait pas être sa jumelle, qu'il était évident que c'était Adrien qui déformait encore tout, quand l'homme au manteau blanc réapparut. Il arrivait de la route, marchait lourdement vers eux.

Adrien puait et ses cheveux noirs étaient plus gluants que jamais. Il avait rabattu son capuchon par en arrière, comme il aimait le faire parfois, quand il y avait une urgence ou qu'il faisait vraiment trop chaud. Pierre pensa qu'Adrien avait dû buter et transpirer comme eux sur les montagnes russes et donc qu'il n'avait pas lui non plus retrouvé sa voiture. Pauvre Adrien, épuisé et suant. Le cœur de Pierre se serra.

— Allez, venez, asseyez-vous, il fait frais ici, après on reprendra la route, je vous ferai monter dans ma voiture et je vous conduirai chez moi.

Adrien ne s'asseyait pas, marchait en marmonnant autour de la clairière, les poings enfoncés dans les poches de son manteau. Il tremblait des pieds à la tête et sa voix rude était pleine de larmes.

— Il fait trop frais ici, ça ne va pas durer.

Pierre allait se soulever sur un avant-bras pour rétorquer que ça ne rimait à rien cette façon de voir tout en noir, et pour lui dire, surtout, qu'il aurait tant voulu qu'il reste. Plus d'Adrien.

— Où est-ce qu'il est encore parti, le bonhomme ?

— Oh, Adrien, il va et il vient, dit Cécile.

— Alors, c'est vrai, je m'étais trompé pour l'assiette ?

Pierre n'était pas fâché. Il avait seulement envie de savoir. Et voilà qui tombait bien. Cécile était en verve :

— Eh oui, vous avez dit textuellement, et je vous cite : « C'est écrit en haut *N. 6 À la campagne*. C'est parce que l'assiette fait partie d'une collection, il doit y avoir *N. 3 À la ville*, *N. 2 Chez le notaire*, *N. 1 Chez le médecin*. N'est-ce pas que c'est ça ? » Or, ce n'est pas ça du tout. Mon pauvre Pierre, il y avait *N. 1 À la campagne*, *N. 5 À la campagne*, *N. 11 À la campagne*, vous vous rappelez les dessins et ce qui était écrit ?

— Oui, sur l'assiette *N. 1 À la campagne*, on voyait un paysan et un peintre du dimanche avec sa mallette de peintre et le paysan disait au peintre : « V's'êtes artisse ? Ah ! mon Dieu, y a pas de sot métier. » Sur la *N. 5 À la campagne*, on voyait une paysanne tirant son âne au-dessus d'un ruisseau et il y avait écrit : « Passera, passera pas ! » Et sur la *N. 11 À la campagne*, on lisait... oui, je me souviens, « Pâmés devant le beau visage que l'coiffeur met à l'étalage » et on voyait des paysans devant une vitrine où était exposé un beau mannequin... Mais je pourrais aussi vous parler de la *N. 1 À la ville*, de la *N. 3 Chez le notaire*, de la *N. 25 Chez le médecin*...

— Il faudrait inventer alors, observa Cécile d'un ton grave.

— Oui, c'est vrai. Bon, je me suis trompé pour l'assiette, mais il me reste mes pères Noël. Et eux, je me souviens où je les ai achetés, dans un magasin de Noël, bien sûr. Vous ne pouvez pas imaginer, les parois clignotantes de guirlandes de sapin de Noël. Tenez, je me vois encore marchant dans cette débauche de couleurs, riant au chaud dans tous ces scintillements, comme à l'abri de tout, enfant éternelle serrée contre la fourrure du manteau maternel.

Pierre avait parlé encore longtemps et raconté sa vie, petit souvenir par petit souvenir. L'air ne s'éclaircissait toujours pas, n'avait pas l'air de tendre vers midi. Il n'y avait pas de soleil, seulement ce fond de couleur patinée, épaisse, extraordinairement immobile. Car il ne faisait même plus frais dans la clairière. On y suffoquait à présent, comme partout ailleurs.

Cécile écoutait sagement, les genoux relevés contre sa poitrine concave, ses bras maigres enroulés autour des genoux, ses yeux mi-clos avec une fente au milieu qui laissait passer un peu de bleu.

— Hé, regardez-moi ça, là-bas, on dirait…

— Oui, c'est eux. Ils ne font que passer.

Pierre s'était redressé. Il n'avait plus envie de conter ses farandoles de rêveries et autres souvenirs qui n'arrêtent pas maintenant de défiler dans sa tête, venus on ne sait de quel recoin du cœur, plus envie non plus de mâchouiller quelque brin d'herbe, le Pierre. Il se lève carrément et crie :

— Adrien, attendez-nous, ne marchez pas si vite, on arrive !

— Ne vous inquiétez pas, dit Cécile, avec son père sur le dos, il n'ira pas loin.

Mais Adrien, devant eux, ne marche pas, il court sur la route droite qui se confond avec le ciel de plomb, il est agile, léger, et le poids mort sur lui, la tête du père contre son cou n'arrivent pas à le ralentir. Il a l'air de voler et, pour la première fois de sa vie, il sourit.

— Pourquoi ce père ? grogne Pierre. Pourquoi le faire revivre, vivre, mourir et le transporter ? Il l'a à peine connu, son père, Adrien. C'est comme ma mère, je l'ai pas beaucoup connue, ma mère, je me souviens seulement de son parfum, de ses histoires à dormir debout.

— Et de son manteau, observe doucement Cécile.

— Oui, de son manteau.

Ils se sont remis en marche. Ils ne voient plus Adrien à l'horizon et il est pourtant très grand, l'horizon, à perte de terre et de poussière.

— Ce sera bientôt la fin de la route, dit Cécile. Tenez, Adrien est debout là-bas, il nous attend, il n'a plus son père sur le dos, il a dû finalement l'enterrer quelque part.

L'homme au manteau blanc les attend là-bas. Il est seul, il a l'air immense, dressé sur fond de firmament laiteux. Pierre voudrait ralentir le pas, ne plus entendre les pieds nus de la petite qui battent le sol par saccades, font un bruit d'enfer. Pierre est obligé de crier pour se faire entendre.

— La route est trop droite, trop plate, ce n'est pas normal ! Je voudrais, je voudrais savoir…

Il s'époumone, et des grains de sable égratignent ses poumons.

— Dites-moi, la petite chose, vous qui savez tout, c'était de la foutaise, tout ça, mes dernières évaluations globales et ses urgences, à Adrien ? Mais attendez, pas mon trou de neige sur la route ! Lui, on va le retrouver !

— Nous l'avons dépassé depuis longtemps.

— Ah ? Alors, tout est perdu.

Là-bas, plus près à présent, si près qu'on pourrait le toucher, Adrien s'est laissé tomber sur la route, avec une grande douceur et même avec une certaine grâce. Il est étendu et ses yeux d'ombres ne disent plus ni chagrin ni colère.

— Adrien, je vais mettre toutes nos choses dans notre voiture et on va repartir, je conduirai si vous êtes trop faible !

L'or dense et triste s'est changé en soleil. Sans prévenir, tout s'est mis à scintiller de partout, comme par un certain matin d'été lointain de plein soleil. Jusqu'aux hauts arbres illuminés de vert de chaque côté qui valsent de tout leur feuillage dans l'orage de paillettes.

— Allons, Pierre, arrêtez donc de parler, ne faites pas l'enfant, murmure Cécile, étendez-vous, vous êtes exténué, sourit gentiment Cécile.

Et Pierre obéit, et Pierre pleure, rigole et sifflote. Adrien, allongé à côté de lui, comme lui, en travers de la route, a fermé ses yeux noirs.

— Je pensais qu'on devait crever ensemble, à la même minute, au même millionième de seconde, que c'était obligatoire. C'est pas juste, on dirait qu'il ne m'a pas attendu, Adrien !

— Mais oui, il vous attend, dit encore Cécile, et son visage de tête d'épingle penché sur eux est une lune livide.

Et elle ajoute en tendant ses doigts de pattes d'oiseau :

— Maintenant, donnez-moi l'assiette et les pères Noël.

Le soleil n'a jamais été aussi fort. Les mains de Pierre s'ouvrent. Le sac de satin vert n'a jamais été aussi léger. Les dernières miettes de l'assiette se sont confondues en poussière avec la couture du tissu. Les trois pères Noël ont perdu leurs aimants.

La main grasse et rougeaude de Pierre cherche les longs doigts gantés d'Adrien. Ils ont l'air de deux enfants ainsi, deux petites qui vont s'endormir, les deux moitiés d'une pomme. Elles ont accepté de faire le voyage. Leur mère est venue leur lire une histoire, les a bordées et embrassées. Demain, elles joueront dans le jardin, elles seront heureuses d'être ensemble, même s'il leur arrivera de se disputer pour une poupée, un ours en peluche ou un miroir orné de perles. La vie sera une succession de matins.

Samedi, 8 h 33

— Je voudrais d'abord vous remercier.

Ils répondent tous les trois d'une même voix :

— Ce n'est rien.

Alors, elle dit à Pierre :

— Tu viens t'asseoir ?

Et à Adrien :

— Tu restes debout ?

Et à Cécile :

— Et toi, dans l'ombre ?

Elle se soulève en s'arc-boutant sur un coude, puis sur l'autre, s'assied carrément dans son lit.

— Qu'est-ce que j'aurais fait sans vous ? Je serais morte ici, dans cette chambre, en radotant comme je l'ai toujours fait, tandis qu'avec vous, grâce à vous…

Elle crée un court silence comme pour faire durer le suspens et elle conclut en levant vers eux sa face en sueur.

— Grâce à vous, j'ai fait un beau voyage.

— Oh ! il ne faut pas exagérer, rigole Pierre.

Assis sur le bord du lit, il n'arrête pas de ramener les deux pans de sa veste de laine grise qui lui échappent des mains, il s'énerve un peu et grelotte de chaud ou de froid, on ne sait trop.

— Mon pauvre Pierre, dit-elle, je t'en ai fait voir de toutes les couleurs, mais c'est fini maintenant.

— Oui, c'est fini, dit la voix éraillée de Cécile dans l'ombre, qui ne sait dire que ça.

— Alors, qu'est-ce qu'on fait ? râle Adrien.

Sacré Adrien, toujours impatient, il a l'air tellement fatigué, peut-être était-il mieux allongé sur sa route.

— Pardonnez-moi, dit-elle encore, je ne pouvais tout de même pas partir sans vous remercier de m'avoir prêté vos visages.

— Oh, vous savez, y a pas de mérite, soupirent les trois en chœur.

— Quand même ! C'était vraiment gentil parce que, vous comprenez, il y avait comme une urgence...

Pierre et Adrien regardent ailleurs, gênés. Et elle insiste, elle veut encore leur témoigner sa reconnaissance, elle parle avec une assurance stupide.

— J'avoue qu'au début, l'orage et le manoir, c'était pas tellement original. Après, c'était pas mal, non ?

— Si c'est vous qui le dites, ronchonnent Adrien et Pierre.

— En tout cas, c'est malin, parce que cette histoire-là, personne ne la lira, observe Cécile, et elle pousse un léger rire de gorge qui les fait tous sursauter.

— Excusez-moi, dit encore Cécile qui se dépêche de reprendre sa voix de moineau craintif, je vis tellement d'émotions...

Mais elle, elle s'en fiche. Le dos campé au creux de l'oreiller, les bras croisés, les jambes déliées, remplies de sève sous le drap blanc, elle veut continuer de pérorer, leur dire encore et encore combien elle les remercie, combien cette dernière nuit a été à la fois merveilleuse et souffrante, combien ils ne font tous qu'un, combien...

Pierre est le premier à l'interrompre.

— Ça suffit maintenant.

Il lui tend la main pour l'aider à se lever, à mettre les deux pieds sur le sol. Adrien s'avance, la soulève et la hisse sans ménagements sur son dos, contre le manteau de fourrure odorant.

Les suites de l'enlèvement et la mort d'un petit roi

Au dehors, tout est comme elle s'y attendait. La route est aussi belle que dans son imagination et tout à fait comme elle l'a décrite.

Elle minaude en balançant son corps maigre sur l'échine d'Adrien.

— On va au manoir d'abord ou à l'appartement de Pierre ? Parce que c'est sûr, on fera les deux, on a tout le temps devant nous.

Elle a une envie folle de tousser. Non, ne pas tousser, ne pas laisser un poil de millionième de centimètre à la douleur.

— Où est Pierre ?

— Il est rentré chez lui, il travaille demain, dit Adrien.

— Ce n'est pas possible, c'est le début d'un long week-end !

Elle est sincèrement outrée, en oublie la paralysie qui a regagné les jambes, serre les cuisses et prendra bientôt le torse.

— Ce n'est plus vous qui décidez, réplique Adrien. Et il la couche sur la route.

De l'asphalte mordoré où elle est étendue, elle ne voit que le ciel, une immense voûte rafraîchissante et ombreuse comme une voûte de cathédrale, irisée de vitraux pastel et trouée de lasers de soleil qui transpercent les pierres.

— C'est beau, Adrien, c'est si beau.

— Oui, c'est beau, dit Adrien.

Ce seront les dernières paroles qu'il dira, elle le sait, comme elle sait aussi que Pierre n'est pas de retour dans son petit appartement, qu'il est là, tout près, dans une clairière dont il a le secret, à prendre le frais et à mâchouiller un dernier brin d'herbe.

Bon, ça suffit. Terminé, le cabotinage. L'Autre, tout là-bas, l'attend. Se disputer pour une poupée, quelle idiotie ! Il faut bien n'avoir pas tout à fait huit ans pour se détester de la sorte pour une poupée. Finalement, quand on les avait séparées, ce matin d'été, les adultes avaient tranché : la poupée n'irait à personne, l'une des jumelles partirait avec l'ours en peluche parce qu'elle avait droit au plus gros souvenir puisque c'est elle qui partait ; l'autre garderait le miroir aux perles même s'il manquait pas mal de perles, c'était normal puisqu'elle restait, surtout qu'en plus, elle avait une vieille dame au chignon gris qui l'aimait tant avec ses steaks, ses petits bateaux et son tableau à musique tandis que l'Autre, elle n'avait pour destinée que d'aimer un chat.

Elle aimerait se tourner dans son lit contre le mur de la chambre, comme dans l'histoire que sa fausse grand-mère lui lisait. L'histoire s'appelait *La mort du Dauphin*, elle n'était d'ailleurs qu'à quelques pages de l'histoire de *L'homme à la cervelle d'or* dans un des livres à couverture rouge et à tranche dorée qu'elles allaient toutes les deux chercher au grenier et qui sentaient le papier, la belle écriture et les belles images. Et elle raconte :

— C'est une triste histoire. En deux mots, le Dauphin, pas le mammifère marin, le fils du roi comme on l'appelait, celui qui aurait pu devenir roi, va mourir parce que personne ne peut le guérir. C'est un petit garçon, et sa mère la reine pleure, et l'enfant couché dans son lit s'étonne, il dit : « *Madame la reine, pourquoi pleurez-vous ? Est-ce que vous croyez bonnement que je m'en vas mourir ?*[1] » Et la reine pleure encore plus fort, c'est sûr. Mais le petit Dauphin s'entête, il ne veut pas comprendre, il raconte qu'il va faire venir des soldats, des canons qui vont régler son sort à la mort si elle ose venir rôder près du lit. Et puis, je vous passe des passages, arrive l'aumônier. Vous m'écoutez ?

Elle ne sait plus trop à qui elle conte tout cela. Plus d'Adrien et encore moins de Pierre à l'horizon. Le ciel noircit et les cathédrales se remplissent de ténèbres.

— Donc, voilà l'aumônier qui arrive. Et l'aumônier en question raconte au petit Dauphin que c'est comme ça, qu'il n'y a rien à faire, que non, ce n'est pas parce qu'il est le Dauphin qu'il ne va pas mourir. Alors, l'enfant ordonne qu'on lui apporte ses plus beaux habits, son pourpoint d'hermine blanche et ses escarpins de velours pour au moins arriver au paradis en costume de Dauphin afin que les anges le reconnaissent et le saluent comme un des leurs. Et vous savez ce qu'il réplique, l'imbécile d'aumônier ? Que, tout Dauphin qu'il est, la mort le passera à la casserole comme les autres, nu comme un ver ! Alors l'enfant se met en colère...

Depuis combien de temps parle-t-elle toute seule. La chambre est triste et vide.

— *Mais alors, crie-t-il, d'être Dauphin, ce n'est rien du tout !*

Et, sans vouloir plus rien entendre, le petit Dauphin se tourne vers la muraille, et il pleure amèrement[2].

— Et voilà, et voilà, répète-t-elle à présent pour elle seule, puisqu'elle est toute seule.

Le médecin, la nièce et le croque-mort

— Elle a toujours eu de l'imagination à revendre. Allez savoir ce qu'elle a encore imaginé toute la nuit, dit la nièce.

— Toujours est-il qu'elle ne devrait pas sourire de cette façon. Parce qu'elle souffre, c'est sûr, dans l'état où elle est, dit le médecin.

— C'est vrai que j'en ai jamais vu sourire autant et pourtant, j'en ai vu. Mais attendez, elle n'est pas encore vraiment morte ! Il faut vous dire qu'en dehors de mes heures ici, je travaille dans un salon funéraire, dit l'infirmier de nuit croque-mort.

— À quoi pense-t-elle ? reprend Cécile, des larmes dans ses yeux bleus.

— Peut-être à rien, sans doute à rien, murmure le docteur Adrien au regard noir comme l'enfer et au visage long comme une lame de couteau.

Notes

1. Extrait de « La mort du Dauphin », Alphonse Daudet, *Lettres de mon moulin*.
2. *Ibidem*.

— Moi, je suis sûr qu'elle nous entend. Ne vous en faites pas, madame, ça va aller ! veut rigoler Pierre l'infirmier de nuit en essayant de boutonner d'une main sa veste de laine grise sur son ventre de vieux garçon grassouillet.

Ils sont debout tous les trois et ils tanguent dans la grisaille du dernier matin, face au lit et au corps lourd, comme déjà mort, et elle se dit qu'elle doit avoir l'air d'une vache crevant de la fièvre aphteuse, la gueule ouverte, dans un champ.

— Au moins, elle ne souffrira plus, gémit Cécile. Vous comprenez, si ça n'avait pas été le début d'un long week-end, si je n'avais pas promis à mon mari, aux enfants...

— C'est la vie et la mort, ça ne sert à rien de se lamenter, dit Adrien le médecin aux prunelles colère.

— Je pense que je vais aller faire un petit tour à la campagne, on n'annonce pas trop de mauvais temps, enfin pas de tempête de neige, c'est déjà ça, glousse Pierre l'infirmier croque-mort.

Décidément, la comparaison avec la vache aphteuse est tout indiquée. Il lui semble qu'elle bave, n'arrête pas de baver, peut-être à cause du sourire figé qui lui creuse la bouche.

— J'aurais tellement voulu qu'avant qu'elle meure, elle se réconcilie avec la mémoire de sa sœur jumelle, reprend Cécile. Deux caboches, têtues comme des mules. De quoi s'en voulaient-elles ? Ce n'était pas leur faute, rien n'était leur faute... Mais deux jumelles, ça ne se sépare pas aussi facilement, c'est comme les deux moitiés d'une pomme.

— Il y a des vies comme ça, tranche Adrien d'une voix sourde.

— Si au moins elle arrêtait de baver, observe Pierre avec une moue de dégoût, j'ai jamais vu ça, autant de bave, et pourtant, j'en ai vu.

Cécile veut reprendre la parole. Elle est plus maigrichonne que jamais dans sa robe noire, ses yeux lui mangent le visage. Et ce qu'elle va dire est tellement prévisible.

— En fait, ma tante, elle est devenue comme ma mère avec les années. Mais à la fin, elle ne sortait plus du tout de chez elle, elle ne riait plus, elle ne souriait même plus. Dire qu'elle a passé sa vie à écrire des romans, et elle en a écrit ! Pour ce que ça lui a servi…

Le gris dans la chambre se fond en multiples taches blanchâtres qui ondulent doucement. Les trois ombres se balancent, comme mues par un roulis régulier. Elle se dit que pour un peu, ils lui chanteraient tous les trois une berceuse.

— Bon, faut que j'y aille, dit Pierre. Si je veux repasser par chez moi avant de partir…

Il lui fait au revoir de la main. Elle a envie de lui dire : « Ne prends pas froid. »

Cécile s'accroche comme d'habitude. Elle n'a jamais su quitter la scène. Elle vient plus près, à petits pas, s'arrête. Elle pleure, la nièce, et ça a l'air sincère. Elle a envie de lui chuchoter à l'oreille : « Tu sais, Cécile, cette nuit, je me suis réconciliée avec ta mère et avec bien d'autres choses aussi. Et puis, je voulais te dire que l'assiette que tu aimais bien, ce n'est pas vrai qu'elle est cassée. Oui, Cécile ne t'en fais pas, tu l'auras, l'assiette. »

Pierre est sorti. Cécile l'a suivi en pleurnichant. Adrien les a précédés, et le noir de ses yeux a tourné chagrin. Il marche vite dans le long couloir blême, croise sans les voir les chariots et les infirmières, son manteau de fourrure blanche posé sur le bras.

Le trio parti, elle alla même jusqu'à rédiger, dans sa tête malade, un épilogue.

Épilogue

Cécile ne revit plus jamais Pierre ni Adrien. Elle acheva de passer le long week-end avec sa famille et, à son retour, veilla à organiser l'enterrement de sa tante et attendit la succession.

Elle plaça sur la cheminée de son salon une photo de sa mère et une autre de sa tante, les deux cadres se touchaient presque et elle se disait avec attendrissement qu'ainsi, grâce à elle, c'était comme si les deux jumelles n'étaient pas mortes aux deux bouts du pays sans s'être jamais revues ni réconciliées. Ce n'était pas sa faute, à Cécile, elle ne pouvait pas savoir, connaître les aventures de la dernière nuit. Et puis, s'attendrir ainsi, ça meublait son temps.

Car Cécile s'ennuyait. Elle s'ennuyait tant qu'un jour, les enfants ayant grandi et le mari étant souvent absent, elle décida de prendre une part active à la promotion de l'œuvre de sa tante. Elle s'entêta à négocier avec un éditeur la parution de tous les romans de la défunte – il y en avait pas mal, 40 très exactement – dans un seul tome. Le projet ne vit jamais le jour.

Un peu plus tard encore, elle entreprit d'écrire une biographie de la romancière. Quitte à enjoliver certains passages, à rectifier certains tirs, bref à inventer, car la vieille solitaire n'avait pas fait grand-chose dans sa vie à part pondre un à un ses petits récits tordus, de plus en plus recluse dans son appartement sans jamais voir personne, pas même son éditeur, ni donner d'interviews aux journalistes qui, au bout du trente-quatrième roman, avaient fini par s'intéresser à la chose même s'ils ne savaient pas trop quoi en dire. Alors, Cécile se mit au travail et, au bout de plusieurs années d'efforts, finit par apporter fièrement chez l'éditeur une biographie de sa tante, laquelle, bien que maladroitement rédigée, aurait pu susciter quelque intérêt. Malheureusement pour elle, l'œuvre de la tante avait perdu ses quelques lecteurs fidèles et aucun des 40 romans n'était encore en librairie. Cécile repartit, sa biographie sous le bras, et décida de se vouer à la collection de vieilles assiettes.

C'est ainsi que l'assiette que sa tante lui avait laissée, jusqu'ici reléguée au sous-sol parce que la vieille porcelaine rugueuse, festonnée sur les bords, était ébréchée à gauche, retrouva une place de choix sur le mur du salon. Quant à l'ours en peluche borgne et galeux, reprisé du museau, avec du crin aux pattes et trop plein d'acariens pour être donné aux enfants, il avait été jeté aux poubelles depuis longtemps, de même que le miroir où il manquait trop de perles. Cécile avait un peu plus hésité pour le tableau à musique, qui avait fini par connaître le même sort, il était trop bosselé, ne faisait plus de musique, et puis il était laid.

Aujourd'hui, il ne reste à Cécile du bric-à-brac de sa tante que trois pères Noël de frigidaire. Elle se demande parfois pourquoi elle les a gardés, d'autant plus qu'ils avaient perdu leurs aimants. Peut-être à cause d'un souvenir, un des rares souvenirs que voulait bien conter la vieille, le jour où, enfant, elle avait visité un magasin d'articles de Noël, serrée contre le manteau de fourrure de sa mère. Alors, Cécile était allée acheter trois aimants, les avait collés, avait attendu que ça sèche et tout et tout. Depuis, elle ne sort ses pères Noël pour les mettre sur son réfrigérateur que lorsque c'est le moment, c'est-à-dire une fois par année.

Adrien le médecin ne pratique plus. Un jour, il ne se présenta pas à l'hôpital et on ne le revit jamais. Son départ n'étonna pas. Ses migraines étaient de plus en plus fréquentes, on le trouvait de plus en plus bizarre depuis quelque temps, taciturne, en un mot dépressif. Et puis il ne souriait plus, ce qui était ennuyeux pour le médecin chef d'un service de soins palliatifs. On dit qu'il vit aujourd'hui en ermite, sans plus parler à personne, dans une espèce de manoir peuplé d'ombres et de fils d'araignées.

Pierre l'infirmier de nuit croque-mort a étrangement disparu lui aussi. Il était parti faire un petit tour durant un long week-end, et plus rien. Depuis, sa grosse bouille sifflotante n'a réapparu ni à l'hôpital ni au salon funéraire. Son petit appartement, rue de l'Église, est toujours à louer.

Elle crut qu'elle refermait un livre à la couverture rouge et à la tranche dorée qui sentait bon le grenier. La morphine commençait à faire drôlement effet.

Dimanche, 0 heure 13 minutes et un millionième de seconde

Alors, avant qu'elle ait le temps d'ajouter encore son mot, s'abattit la nuit noire.

Fin

FICTION
aux Éditions Triptyque

Allard, Francine. *Les mains si blanches de Pye Chang* (roman), 2000, 156 p.
Andersen, Marguerite. *La soupe* (roman), 1995, 222 p.
Anonyme. *La ville : Vénus et la mélancolie* (récit), 1981, s.p.
Arsenault, Mathieu. *Album de finissants* (récit), 2004, 142 p.
Arsenault, Mathieu. *Vu d'ici* (roman), 2008, 108 p.
Association des auteures et auteurs des Cantons de l'Est. *En marge du calendrier* (anthologie), 1994, 128 p.
Bacot, Jean-François. *Ciné die* (récits), 1993, 133 p.
Beaudoin, Daniel-Louis. *Portrait d'une fille amère* (roman), 1994, 102 p.
Beaudoin, Myriam. *Un petit bruit sec* (roman), 2003, 116 p.
Beccarelli Saad, Tiziana. *Les passantes* (récits), 1986, 88 p.
Beccarelli Saad, Tiziana. *Vers l'Amérique* (roman), 1988, 96 p.
Beccarelli Saad, Tiziana. *Les mensonges blancs* (récits), 1992, 71 p.
Bensimon, Philippe. *Tableaux maudits* (roman), 2007, 172 p.
Bensimon, Philippe. *La Citadelle* (récit), 2008, 257 p.
Bereshko, Ludmilla. *Le colis* (récits), 1996, 152 p.
Berg, R.-J. *D'en haut* (proses), 2002, 75 p.
Bessens, Véronique. *Contes du temps qui passe* (nouvelles), 2007, 137 p.
Bibeau, Paul-André. *Le fou de Bassan* (récit), 1980, 62 p.
Bibeau, Paul-André. *Figures du temps* (récit), 1987, 112 p.
Bioteau, Jean-Marie. *La vie immobile* (roman), 2003, 179 p.
Blanchet, Alain. *La voie d'eau* (récit), 1995, 76 p.
Blot, Maggie. *Plagiste. Dormir ou esquisser* (récit), 2007, 64 p.
Blouin, Lise. *L'absente* (roman), 1993, 165 p.
Blouin, Lise. *Masca ou Édith, Clara et les autres* (roman), 1999, 228 p.
Blouin, Lise. *L'or des fous* (roman), 2004, 265 p.
Boissé, Hélène. *Tirer la langue à sa mère* (récits), 2000, 188 p.
Boisvert, Normand. *Nouvelles vagues pour une époque floue* (récits), 1997, 137 p.
Bouchard, Camille. *Les petits soldats* (roman), 2002, 405 p.
Bouchard, Reynald. *Le cri d'un clown* (théâtre), 1989, 120 p.
Boulanger, Patrick. *Les restes de Muriel* (roman), 2007, 97 p.
Bourgault, Marc. *L'oiseau dans le filet* (roman), 1995, 259 p.
Bourque, Paul-André. *Derrière la vitre* (scénario), 1984, 105 p.
Brunelle, Michel. *Confidences d'un taxicomane* (récit), 1998, 169 p.
Bunkoczy, Joseph. *Ville de chien* (roman), 2007, 204 p.
Bush, Catherine. *Les règles d'engagement* (roman), 2006, 347 p.
Butler, Juan. *Journal de Cabbagetown* (roman), 2003, 262 p.
Caccia, Fulvio. *La ligne gothique* (roman), 2004, 153 p.

Caccia, Fulvio. *La coïncidence* (roman), 2005, 132 p.
Caccia, Fulvio. *Le secret* (roman), 2006, 217 p.
Caccia, Fulvio. *La frontière tatouée* (roman), 2008, 211 p.
Campeau, Francine. *Les éternelles fictives ou Des femmes de la Bible* (nouvelles), 1990, 114 p.
Caron, Danielle. *Le couteau de Louis* (roman), 2003, 127 p.
Chabin, Laurent. *Écran total* (roman), 2006, 98 p.
Chabin, Laurent. *Corps perdu* (roman), 2008, 156 p.
Chabot, François. *La mort d'un chef* (roman), 2004, 108 p.
Champagne, Louise. *Chroniques du métro* (nouvelles), 1992, 123 p.
Chatillon, Pierre. *L'enfance est une île* (nouvelles), 1997, 125 p.
Clément, Michel. *Le maître S* (roman), 1987, 125 p.
Clément, Michel-E. *Ulysse de Champlemer* (roman), 1997, 155 p.
Clément, Michel-E. *Phée Bonheur* (roman), 1999, 283 p.
Clément, Michel-E. *Sainte-Fumée* (roman), 2001, 361 p.
Cliche, Anne-Élaine. *La pisseuse* (roman), 1992, 243 p.
Cliche, Anne-Élaine. *La Sainte Famille* (roman), 1994, 242 p.
Cliche, Mireille. *Les longs détours* (roman), 1991, 128 p.
Cloutier, Annie. *Ce qui s'endigue* (roman), 2009, 232 p.
Collectif. *La maison d'éclats* (récits), 1989, 116 p.
Corbeil, Marie-Claire. *Tess dans la tête de William* (récit), 1999, 92 p.
Côté, Bianca. *La chienne d'amour* (récit), 1989, 92 p.
Côté, Johanne Alice. *Mégot mégot petite mitaine* (nouvelles), 2008, 131 p.
Daigle, Jean. *Un livre d'histoires* (récits), 1996, 105 p.
Daigneault, Nicolas. *Les inutilités comparatives* (nouvelles), 2002, 134 p.
Dandurand, Anne. *Voilà, c'est moi : c'est rien, j'angoisse* (récits), 1987, 84 p.
Daneau, Robert. *Le jardin* (roman), 1997, 167 p.
Depierre, Marie-Ange. *Une petite liberté* (récits), 1989, 104 p.
Déry-Mochon, Jacqueline. *Clara* (roman), 1986, 84 p.
Désalliers, François. *Un monde de papier* (roman), 2007, 192 p.
Désaulniers, Lucie. *Occupation double* (roman), 1990, 102 p.
Desfossés, Jacques. *Tous les tyrans portent la moustache* (roman), 1999, 271 p.
Desfossés, Jacques. *Magma* (roman), 2000, 177 p.
Desrosiers, Sylvie. *Bonne nuit, bons rêves, pas de puces, pas de punaises* (roman), 1998 (1995), 201 p.
Desruisseaux, Pierre. *Pop Wooh, le livre du temps, Histoire sacrée des Mayas quichés* (récit), 2002, 252 p.
Diamond, Lynn. *Nous avons l'âge de la Terre* (roman), 1994, 157 p.
Diamond, Lynn. *Le passé sous nos pas* (roman), 1999, 200 p.
Diamond, Lynn. *Le corps de mon frère* (roman), 2002, 208 p.
Dugué, Claudine. *Histoires à la langue fourchue* (nouvelles), 2009, 178 p.
Duhaime, André. *Clairs de nuit* (récits), 1988, 125 p.
Dupuis, Hervé. *Voir ailleurs* (récit), 1995, 211 p.
Dussault, Danielle. *Le vent du monde* (récits), 1987, 116 p.

Forand, Claude. *Le cri du chat* (polar), 1999, 214 p.
Forest, Jean. *Comme c'est curieux… l'Espagne !* (récit), 1994, 119 p.
Forest, Jean. *Jean Forest chez les Anglais* (récit), 1999, 168 p.
Fortin, Julien. *Chien levé en beau fusil* (nouvelles), 2002, 152 p.
Fournier, Danielle. *Les mardis de la paternité* (roman), 1983, 109 p.
Fournier, *Danielle et Coiteux, Louise. De ce nom de l'amour* (récits), 1985, 150 p.
Francœur, Louis et Marie. *Plus fort que la mort* (récit-témoignage), 2000, 208 p.
Fugère, Jean-Paul. *Georgette de Batiscan* (roman), 1993, 191 p.
Gagnon, Alain. *Lélie ou la vie horizontale* (roman), 2003, 121 p.
Gagnon, Alain. *Jakob, fils de Jakob* (roman), 2004, 166 p.
Gagnon, Alain. *Le truc de l'oncle Henry* (polar), 2006, 166 p.
Gagnon, Daniel. *Loulou* (roman), 2002 (1976), 158 p.
Gagnon, Lucie. *Quel jour sommes-nous ?* (récits), 1991, 96 p.
Gauthier, Yves. *Flore ô Flore* (roman), 1993, 125 p.
Gélinas, Pierre. *La neige* (roman), 1996, 214 p.
Gélinas, Pierre. *Le soleil* (roman), 1999, 219 p.
Gervais, Bertrand. *Ce n'est écrit nulle part* (récits), 2001, 90 p.
Giguère, Diane. *La petite fleur de l'Himalaya* (roman), 2007, 122 p.
Gobeil, Pierre. *La mort de Marlon Brando* (roman), 1989 (1998), 135 p.
Gobeil, Pierre. *La cloche de verre* (roman), 2005, 151 p.
Gosselin, Michel. *La fin des jeux* (roman), 1986, 147 p.
Gosselin, Michel. *La mémoire de sable* (roman), 1991, 140 p.
Gosselin, Michel. *Tête première* (roman), 1995, 156 p.
Gosselin, Michel. *Le repos piégé* (roman), 2000 (1988), 188 p.
Gray, Sir Robert. *Mémoires d'un homme de ménage en territoire ennemi* (roman), 1998, 188 p.
Guénette, Daniel. *J. Desrapes* (roman), 1988, 149 p.
Guénette, Daniel. *L'écharpe d'Iris* (roman), 1991, 300 p.
Guénette, Daniel. *Jean de la Lune* (roman), 1994, 229 p.
Harvey, François. *Zéro-Zéro* (roman), 1999, 172 p.
Jacob, Diane. *Le vertige de David* (roman), 2006, 155 p.
Julien, Jacques. *Le divan* (récits), 1990, 74 p.
Julien, Jacques. *Le cerf forcé* (roman), 1993, 174 p.
Julien, Jacques. *Le rêveur roux : Kachouane* (roman), 1998, 206 p.
Julien, Jacques. *Big Bear, la révolte* (roman), 2004, 230 p.
Kimm, D. *Ô Solitude !* (récits), 1987, 142 p.
Lacasse, Lise. *L'échappée* (roman), 1998, 216 p.
Laferrière, Alexandre. *Début et fin d'un espresso* (roman), 2002, 232 p.
Laferrière, Alexandre. *Pour une croûte* (roman), 2005, 120 p.
Lamontagne, Patricia. *Somnolences* (roman), 2001, 126 p.
Landry, François. *La tour de Priape* (récit), 1993, 88 p.
Landry, François. *Le comédon* (roman), 1997 (1993), 410 p.
Landry, François. *Le nombril des aveugles* (roman), 2001, 267 p.
LaRochelle, Luc. *Amours et autres détours* (récits), 2002, 124 p.

Lavallée, Dominique. *Étonnez-moi, mais pas trop!* (nouvelles), 2004, 121 p.
Lavallée, François. *Le tout est de ne pas le dire* (nouvelles), 2001, 173 p.
Laverdure, Bertrand. *Gomme de xanthane* (roman), 2006, 193 p.
Lebœuf, Gaétan. *Bébé... et bien d'autres qui s'évadent* (roman), 2007, 284 p.
Lefebvre, Marie. *Les faux départs* (roman), 2008, 136 p.
Le Maner, Monique. *Ma chère Margot,* (roman), 2001, 192 p.
Le Maner, Monique. *La dérive de l'Éponge* (roman), 2004, 155 p.
Le Maner, Monique. *Maman goélande* (roman), 2006, 156 p.
Le Maner, Monique. *La dernière enquête* (polar), 2008, 188 p.
Le Maner, Monique. *Roman 41* (roman), 2009, 123 p.
Lemay, Grégory. *Le sourire des animaux* (roman), 2003, 110 p.
Lepage, Sophie. *Lèche-vitrine* (roman), 2005, 147 p.
Lépine, Hélène. *Kiskéya* (roman), 1996, 147 p.
Lépine, Hélène. *Le vent déporte les enfants austères* (récit), 2006, 114 p.
Lévy, Bernard. *Comment se comprendre autrement que par erreur* (dialogues), 1996, 77 p.
Lévy, Bernard. *Un sourire incertain* (récits), 1996, 152 p.
Maes, Isabelle. *Lettres d'une Ophélie* (récits), 1994, 68 p.
Manseau, Pierre. *L'île de l'Adoration* (roman), 1991, 180 p.
Manseau, Pierre. *Quartier des hommes* (roman), 1992, 207 p.
Manseau, Pierre. *Marcher la nuit* (roman), 1995, 153 p.
Manseau, Pierre. *Le chant des pigeons* (nouvelles), 1996, 167 p.
Manseau, Pierre. *La cour des miracles* (roman), 1999, 280 p.
Manseau, Pierre. *Les bruits de la terre* (récits), 2000, 176 p.
Manseau, Pierre. *Ragueneau le Sauvage* (roman), 2007, 264 p.
Manseau, Pierre. *Les amis d'enfance* (roman), 2008, 125 p.
Manseau, Martin. *J'aurais voulu être beau* (récits), 2001, 144 p.
Marquis, André. *Les noces de feu* (roman), 2008, 117 p.
Martel, Jean-Pierre. *La trop belle mort* (roman), 2000, 238 p.
Martin, Daniel. *La solitude est un plat qui se mange seul* (nouvelles), 1999, 145 p.
McComber, Éric. *Antarctique* (roman), 2002, 175 p.
McComber, Éric. *La mort au corps* (roman), 2005, 303 p.
Ménard, Marc. *Itinérances* (roman), 2001, 242 p.
Messier, Judith. *Jeff!* (roman), 1988, 216 p.
Michaud, Nando. *Le hasard défait bien les choses* (polar), 2000, 216 p.
Michaud, Nando. *Un pied dans l'hécatombe* (polar), 2001, 241 p.
Michaud, Nando. *Virages dangereux et autres mauvais tournants* (nouvelles), 2003, 181 p.
Michaud, Nando. *La guerre des sexes ou Le problème est dans la solution* (polar), 2006, 289 p.
Monette, Pierre. *Trente ans dans la peau* (roman), 1990, 112 p.
Moreau, François. *La bohème* (roman), 2009, 189 p.
Moutier, Maxime-Olivier. *Potence machine* (récits), 1996, 109 p.

Moutier, Maxime-Olivier. *Risible et noir* (récits), 1998 (1997), 164 p.
Moutier, Maxime-Olivier. *Marie-Hélène au mois de mars* (roman), 2001 (1998), 162 p.
Neveu, Denise. *De fleurs et de chocolats* (récits), 1993, 96 p.
Neveu, Denise. *Des erreurs monumentales* (roman), 1996, 121 p.
Nicol, Patrick. *Petits problèmes et aventures moyennes* (récits), 1993, 96 p.
Nicol, Patrick. *Les années confuses* (récits), 1996, 95 p.
Nicol, Patrick. *La blonde de Patrick Nicol* (roman), 2005, 93 p.
Noël, Denise. *La bonne adresse* suivi de *Le manuscrit du temps fou* (récits), 1995, 161 p.
O'Neil, Huguette. *Belle-Moue* (roman), 1992, 95 p.
O'Neil, Huguette. *Fascinante Nelly* (récits), 1996, 127 p.
Painchaud, Jeanne. *Le tour du sein* (récits), 1992, 95 p.
Paquette, André. *La lune ne parle pas* (récits), 1996, 159 p.
Paquette, André. *Les taches du soleil* (récits), 1997, 219 p.
Paquette, André. *Première expédition chez les sauvages* (roman), 2000, 180 p.
Paquette, André. *Parcours d'un combattant* (roman), 2002, 183 p.
Paré, Marc-André. *Chassés-croisés sur vert plancton* (récits), 1989, 92 p.
Paré, Marc-André. *Éclipses* (récits), 1990, 98 p.
Pascal, Gabrielle. *L'été qui dura six ans* (roman), 1997, 115 p.
Pascal, Gabrielle. *Le médaillon de nacre* (roman), 1999, 180 p.
Patenaude, Monique. *Made in Auroville, India* (roman), 2004, 211 p.
Pépin, Pierre-Yves. *La terre émue* (récits), 1986, 65 p.
Pépin, Pierre-Yves. *Le diable au marais* (contes), 1987, 136 p.
Perreault, Guy. *Ne me quittez pas !* (récits), 1998, 113 p.
Perreault, Guy. *Les grands brûlés* (récits), 1999, 173 p.
Poitras, Marie Hélène. *Soudain le Minotaure* (roman), 2002, 178 p.
Poitras, Marie Hélène. *La mort de Mignonne et autres histoires* (nouvelles), 2005, 171 p.
Poulin, Aline. *Dans la glace des autres* (récits), 1995, 97 p.
Quintin, Aurélien. *Barbe-Rouge au Bassin* (récits), 1988, 257 p.
Quintin, Aurélien. *Chroniques du rang IV* (roman), 1992, 193 p.
Raymond, Richard. *Morsures* (nouvelles), 1994, 169 p.
Renaud, France. *Contes de sable et de pierres* (récits), 2003, 152 p.
Renaud, Thérèse. *Subterfuges et sortilèges* (récits), 1988, 144 p.
Ricard, André. *Les baigneurs de Tadoussac* (récit), 1993, 54 p.
Ricard, André. *Une paix d'usage. Chronique du temps immobile* (récit), 2006, 211 p.
Robitaille, Geneviève. *Chez moi* (récit), 1999, 142 p.
Robitaille, Geneviève. *Mes jours sont vos heures* (récit), 2001, 116 p.
Rompré-Deschênes, Sandra. *La maison mémoire* (roman), 2007, 176 p.
Saint-Pierre, Jacques. *Séquences ou Trois jours en novembre* (roman), 1990, 134 p.
Schweitzer, Ludovic. *Vocations* (roman), 2003, 188 p.
Shields, Carol. *Miracles en série* (nouvelles), 2004, 232 p.

Soudeyns, Maurice. *Visuel en 20 tableaux* (proses), 2003, 88 p.
St-Onge, Daniel. *Llanganati ou La malédiction de l'Inca* (roman), 1995, 214 p.
St-Onge, Daniel. *Trekking* (roman), 1998, 240 p.
St-Onge, Daniel. *Le gri-gri* (roman), 2001, 197 p.
St-Onge, Daniel. *Bayou Mystère* (roman), 2007, 164 p.
Strano, Carmen. *Les jours de lumière* (roman), 2001, 246 p.
Strano, Carmen. *Le cavalier bleu* (roman), 2006, 251 p.
Tétreau, François. *Le lai de la clowne* (récit), 1994, 93 p.
Théberge, Gaston. *Béatrice, Québec 1918* (roman), 2007, 192 p.
Thibault, André. *Schoenberg* (polar), 1994, 175 p.
To, My Lan. *Cahier d'été* (récit), 2000, 94 p.
Turcotte, Élise. *La mer à boire* (récit), 1980, 24 p.
Turgeon, Paule. *Au coin de Guy et René-Lévesque* (polar), 2003, 214 p.
Vaillancourt, Claude. *L'eunuque à la voix d'or* (nouvelles), 1997, 159 p.
Vaillancourt, Claude. *Les onze fils* (roman), 2000, 619 p.
Vaillancourt, Claude. *Réversibilité* (roman), 2005, 256 p.
Vaillancourt, Marc. *Le petit chosier* (récits), 1995, 184 p.
Vaillancourt, Marc. *Un travelo nommé Daisy* (roman), 2004, 185 p.
Vaillancourt, Marc. *La cour des contes* (récits), 2006, 93 p.
Vaillancourt, Yves. *Winter et autres récits* (récits), 2000, 100 p.
Vaïs, Marc. *Pour tourner la page*, 2005, 113 p.
Valcke, Louis. *Un pèlerin à vélo* (récit), 1997, 192 p.
Vallée, Manon. *Celle qui lisait* (nouvelles), 1998, 149 p.
Varèze, Dorothée. *Chemins sans carrosses* (récits), 2000, 134 p.
Villeneuve, Marie-Paule. *Derniers quarts de travail* (nouvelles), 2004, 105 p.
Vincent, Diane. *Épidermes* (polar), 2007, 216 p.
Vollick, L.E. *Les originaux* (roman), 2005, 271 p.
Wolf, Marc-Alain. *Kippour* (roman), 2006, 266 p.

PROTÉGEONS
NOS FORÊTS

Tous les livres des Éditions Triptyque sont désormais imprimés sur du papier 100 % recyclé postconsommation (exempt de fibres issues des forêts anciennes) et traité sans chlore.

L'impression de *Roman 41* a permis de sauvegarder l'équivalent de 4 arbres de 15 à 20 centimètres de diamètre et de 20 mètres de haut. Ces bienfaits écologiques sont fondés sur les recherches effectuées par l'Environmental Defense Fund et d'autres membres du Paper Task Force.

MARQUIS
Marquis imprimeur inc.

Québec, Canada
2008